胡辛束 ——

著

当相爱的人
住进一个房间

I want to
See you too

陕西新华出版
太白文艺出版社·西安

果麦文化 出品

送给我自己

仍然有记录爱的能力

我和我们的房间 /// 001

01　玄关 /// 004

04　卧室 /// 078

05　浴室 /// 120
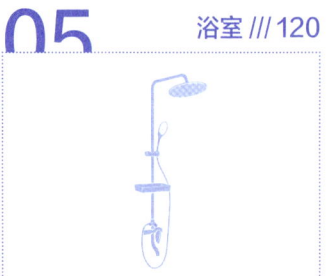

08　阳台 /// 160

09　车内 /// 178

目录

02 客厅 /// 026

03 餐厅 /// 066

06 书房 /// 134

07 储藏室 /// 148

10 户外 /// 198

你和你们的房间 /// 227

我和我们的房间

没想到我会着手写第二本书。这真的是一件非常计划外的事。

或许是因为在自我认知中,我并不是一个适合写作的人。比起很多人可以通过文字创造世界,我所能做的只是像写日记一样,把那些经历过的事情、有过的感受,毫不夸张地记录下来。如果将一本书比作房间,推开我的房门,你只能看到一整面墙的"拍立得",那是关于我生命中的很多"此刻",也许有着饱满的情绪,终归算不上精彩。

如果非要给自己在世界中找个定位,可能我更像是个观察者。放到很多很多年前,我一定是那种会在石壁上作画的人。刻下过路人的动作,或者创造一些符号代表某种对话,然后再找几株植物把它们盖起来,虚掩着,不敢让太多人发现。放到今天,不能在石壁上写了,那我便在自己的世界里写，仍然零零碎碎，仍然虚掩着。

几年前，我还是一个在爱情中不知所措的小女孩，写下了《我想要两颗西柚》。我的患得患失你们也都看到了。那些表达窸窸窣窣，仿佛只能在夜晚传播。可神奇的是，在那本书快写完的时候，我遇到了现在的爱人，之后我们很顺利地相爱，前所未有地顺利，远超我的预期。再之后我们结婚了，幸福地生活在一起，当我回望书里写下的那些自我怀疑与不确定时，我自己都疑惑，原来不被爱的时候，人是会如此蜷缩的，连文字都是。

算不上太矫情，但在幸福的初期，人会失去所有表达欲。就像在炎热的夏季，你一猛子扎进水里，看到阳光在波光粼粼的水底摇动，你游动着，观察着，被包裹着，无心说话，你只想整个人沉浸其中。

所以这几年我一直无心写东西，甚至连记录都懒得。直到今年过年的时候，我去他老家玩，我们站在桥上，每个路人都在放烟花，极其绚烂。我看入迷了。刚想掏出手机记录的时候，最热闹的那一波就过去了。好可惜啊。我心里默默琢磨。顺着这份可惜想下去，我突然醒悟自己不该太偷懒，不能只靠着身体的记忆去记住每一个生活的片刻。

我又敲起了键盘。

在这本书里，我将目录中的章节按照房间来区分，你翻开书的时候，也如同走入了我们的家。当你阅读的时候，或许更像是在房间中闲逛。某种程度来讲，这本书里的每一个关键词都像是房间中的琥珀，有着不同的形态与光泽。

实话讲，之前我想过很多种描述这些情绪的方式，但最后还是选择了用推开不同房间的门作为一种线索。这很有趣，怯怯地带着一些窥私欲，可又终归是浪漫的，能够让每个人心甘情愿地去寻找那些爱与被爱的痕迹。

同时，我相信处于长期亲密关系中的你，对于书中的很多时刻是有同感的。毕竟爱同阳光一样，平铺在大家身上的时候，温度总是相似的。

好了。作为序，我就先唠叨到这里。

不知道此刻你房间的窗外是否出现了好看的晚霞，如果有，记得拍下来，不要和前几年的我一样，仅靠身体的记忆去记住这些美好片刻。如果没有，也不必可惜，翻开这本书，走入我们的房间吧。我刚好有太多傍晚想和你分享。

01

玄关

闭上眼睛
听到孩童啼哭
听到猫在渴望春日
听到年轻人步履匆匆

睁开眼睛
看到爱人双眸
看到往来纸箱伤痕
看到好奇者推开房门

收集了万千眨眼的时刻
连接成柔软的通道
你不要停下
你不要犹豫
你一定要比眼泪更早走进来

锁

哪一对恋人又不是从陌生人开始的呢。

记得我俩第一次吃饭,计划得非常仓促。四个人的方桌两两对坐,我俩莫名其妙坐到了一侧,共同的朋友坐在对面。火锅热气腾腾的,没一会儿就隔开了视线,我看不太清朋友的表情,出于礼貌,聊天时只好频繁歪过头去看他的表情。那时候我还没啥想法,只是在观察,心想,这个男孩鼻子挺高,挺好看。

通常大家认为人和人之间的感情像水一样,是逐渐沸腾的。可在我心里,这不是一个匀速上升的过程。它更像是跳跃状的,这一刻还是好奇,下一刻可能就成了好感,再在某一时刻又变成了喜欢,之后变成爱,或是变成任何形态。总归不是线性的,而在于某些瞬间。

当天吃完饭,朋友打车先走了,只剩我们两个人站在街边。这个阶段的聊天其实最为尴尬,我们相对陌生,话题只能从大脑里最客套的那个区域进行挑选，最客套也就意味着最无聊，对话只是为了填满时间。我现在已经完全想不起来当时聊的是什么了，只记得我打上车的时候，鬼使神差地从后车窗看了一眼，发现他在目送我离开，目不转睛地、带有笑意地目送着我的车驶远。那一瞬间我接收到了爱的信号——他喜欢我。

我们恋爱之后，我很多次提起这个场景，他都解释说目送我离开不过是另一种客套，并非我想的那样。更别提什么"目不转睛"和"带有笑意"，他坚持表示那是我想象出来的，其他想法，在那一刻他是没有的。

很可惜人不能钻到别人的脑子里，去证实某些时刻是否真的发生过。但在我的主观世界里，那一刻的确很美好地发生了。像那种老套的爱情电影，一个人笑着回头，发现另一个人正在看着她离开，两个人眼睛里都亮亮的，笑着，然后转天就在大雨中拥抱，确认关系，共度余生。至于那一天我为什么会突然回头看，我想也一定不是偶然。或许在我的大脑里，那一刻最正确的选择就是回头去感受这个瞬间。

过去大家总把爱情比作锁，对的人就是那把对的钥匙，走入你的生活再轻轻一拧，锁就开了。可我不太喜欢这份轻描淡写，爱怎么会被轻轻拧开呢。再好的爱人也像小偷，是用铁丝划划挠挠，费了劲花了心思才能把爱情的锁打开。

又或者这个场面可以再当代一些。我们可以想象一个礼貌的人站在一扇房门前，对着密码锁反复点按，通过房门内给的一些线索，逐步试探着各种组合的可能。也许顺利，也许不顺利，但最终总会拿到通关密码，输入正确密钥，蹦蹦跳跳地走入爱人的心。

我第一次邀请他来我家的时候，他就跟在我身后，等着我开门。我记得我输密码的时候还刻意避着他，生怕他一下子就记住。用余光偷偷瞄他，发现他在四处乱瞟，他的害羞随着目光所落之处飞得满楼道都是，我的戒备心也因此放了下来。

走进房间之后，他也比我想象的更拘谨。脱了鞋，穿着袜子踩在进门毯上，没敢把脚伸进任何一双拖鞋，他不好意思地看着我，仿佛在等着我给他的脚和他的人都安置一个去处。害羞是一个男孩的美德。我深以为然。

我们之间的关系就像身体的自然反应一样。当你觉得饿了，你就去吃饭；当你觉得想念这个人，这个人就会来见你。我们之间所有的发生都不复杂。第一顿饭后没多久我们就去吃了第二顿饭，第二顿饭之后又有了第三顿。见面也是如此，每一次之后都顺理成章地有了下一次。没多久我们就在一起了，顺利得像是被提前剧透了剧情。

当然，我也试图做了一些矫情的磕绊。比如他向我表白那天，我们坐在咖啡厅的小桌子前，我看向他，眼泪簌簌往下掉。我说从没有人真诚地喜欢过我。他看我哭得很惨，眼圈也越来越红、越来越湿，最后也流下两行泪来，对我说，他真的是真心的吧啦吧啦，他硬生生和我上演了一出"琼瑶大戏"。

到这一步，这出戏还没演完。我说我们应该重新开始约会七天，每一天你都要好好安排我们的约会行程，七天之后我再告诉你我是否接受你的表白。当时他眼泪还没干，听完一下就笑了。那时我还以为他是开心于我精心策划的浪漫，直到我俩复盘他才告诉我，那个笑是觉得我很可爱，笨笨的可爱，看似是出了一道题，可答案早就给了。

事实上也如他所料，别说七天了，在第三天凌晨的时候我就提前结束了本次考题。我突然觉得和这个人待在一起很开心也很舒适，以七天作为周期未免短了些，我想要更长的时间和他相处并相爱。于是，我们就正式在一起了。

正式地打开了彼此的锁。

当你觉得
想念这个人，

这个人
就会来见你。

香水

对我来说,一个重要的心动指标就是对方身上的气味。我始终相信气味本身就是一种指引,是生理性喜欢的必然前提。

大概十几岁时,朋友拉着我看了一部叫《女人不坏》的电影,剧情讲的什么我已经完全记不清了,但电影里反复提到一个叫作"费洛蒙"的概念,却给当时的我留下了很深的印象。

"莎士比亚时代的欧洲流行一种寻找爱情的游戏:女孩将一块削了皮的苹果放在腋下,再将沾了自己汗水的苹果送给意中人,若对方喜欢这苹果的滋味,双方的感情就会发展下去。据说这就是费洛蒙的力量。"

它作为身体的一种信息素,不相爱的人互相闻起来平平无奇,只有彼此喜欢的人才会觉得对方身上的味道无比美妙。我大受震撼,恍惚间以为自己抓到了识别真爱的最佳诀窍。

当然长大之后我逐渐意识到，人身上的气息是可以伪造的。香水的存在让这件事变得复杂多了。穿戴上柑橘花香调，即刻就能成为阳光下的明媚少女；喷上水生木质调，一下子又会变成不善言谈的拘谨女孩。就算每个人身上本来的味道和香水融合之后会产生各自不同的气味，但整体氛围在香水的帮助下仍可以说变就变，仅凭气味辨真爱这个事根本无法成立。

我们两个刚开始约会的时候，我就有意地在制造一种气味感受。当时我经常喷一款叫Twilly的香水去见他，它的前调有香柠檬，中调有晚香玉和茉莉，一旦喷上，整个人闻起来都是香香甜甜的，让人觉得明媚又快乐。我有意识地这样做，是因为我不确定我本来的气息他是否刚好会喜欢，我希望他记住我是这个味道的，想起我就会想起一个活泼明媚的少女。

后来我们之间比较熟悉了，我开始故意喷一款玫瑰木质调的香水，试图来更新不同阶段的我在他心中的印象。那个玫瑰的味道很酷，很疏离，如同名字"No man's land（无人之境）"一样，像是一种可以随时离开一段关系的味道。它闻起来有一点点危险，但很适合热恋期逐渐退去的阶段，仿佛可以借此把两个人之间的占有欲绑得更紧。

我甚至会通过频繁拥抱，故意让他的衣服多沾染一些我的香水气味。毕竟大脑很神奇，总是会通过气味再度将我们拉回到某个场景里，一旦他闻到衣服上有我的气息，就会一次又一次回到与我拥抱的场景，难以离去。

我自认为这些可爱的小手段是这段感情重要的催化剂，一直偷偷引以为傲。直到上次搬家，我们一起整理打包香水的时候，我问他当年对哪个味道最心仪，他却摇了头，跟我说，他最喜欢的是每天早上起床时我不喷香水的味道。

我太意外了。本以为他是在说着小情话骗我玩，可接下来他认真跟我分享起他对哪个香水的哪种成分过敏，闻到就会头痛。梳理半天之后搞得我很是尴尬，敢情当年他完全是在配合我，他一点都不享受那些味道。他觉得我本身就很好闻。

这一刻，在我心里沉睡已久的那个费洛蒙的力量，好像再度跳动了。

一直以来，我都觉得他脖颈处有一股特殊的香味。通常他前一天晚上洗完澡，睡了一觉再醒来时的味道是最好闻的，干净又浓烈，是一股从皮肉间散发出来的美妙的动物香气。第一次发现的时候，我十分惊喜，因为我没有从其他人身上闻到过这股味道，这就是费洛蒙吗？我不知道，我也没告诉他。因为羞涩，我也一直没敢问过他，你觉得我皮肉之间散发的味道好闻吗？这个问题太奇怪了，所以我从来都不知道在我们之间那个信息素是否起效了。

时隔这么久，在一个我完全没料想到的场景下，我居然得到了这个问题的答案。原来我们早就互换过苹果了。

**气味
本身就是一种指引。**

门口的吵架

很多次我们是在进屋关门之后,站在门口把架吵完的。

这是一个诡异的场面,我可以带大家复原一下。某一天我们在街上产生了口角,不是什么原则性问题,但就是某句话说得不太对付,甚至只是风沙眯了眼睛,说话的时候一直皱着眉,让另一个人感到了冒犯,争吵就成了埋在胸口的炸弹,总要等一个时刻把它的引线拉出来。

这个时刻是什么时候呢?我们心照不宣地认为一定是在走入家门之后。关上大门,再从里面反锁上,从物理层面上进入了真正的私人领地,不再是任何一个公共场所,除了家里的几位宠物,本场争吵不能有任何人类观众,这才是我们心中的"安全屋"。

我们共同生活的第一个家里,"安全屋"还算安全。那是一个开间,打开大门两个人就会自然地走到客厅里,不管是甜蜜还是争吵，都会在房子的正中间。而且那房子的隔音做得很好，和隔壁邻居的大门也离得远，种种迹象都表明它的"安全"系数很高，就算有人刚好从大门外路过，也不会听得多么真切。即便如此，但这个家却是我们争吵最少的家，毕竟那时候我们刚刚在一起，还没有熟到可以大大方方争吵的程度。刚刚相爱的几个月，我们之间尚且保持着一种客气。

第二个家，我们租了一个复式。大门打开左手边就可以上到二楼，只需花费一点点爬楼的力气，就可以坦坦荡荡地大吵。但在那个家里为数不多的几次争吵我们都没有来得及上楼，关上房门的那一刻，我们就快步走到客厅，速速地吵了起来。印象中有一次我们吵得很凶，甚至到了要离家出走的地步。他拿着一个双肩包开始往里面塞各种证件的时候，我大哭起来，氛围在此刻终于发生了变化，不再针锋相对，我们两个人都软了下来。

再后来我们搬到了同小区的另一户人家，这也是我们最不安全的"安全屋"。入户门和邻居家挨得很近，同时开门都有可能干扰到对方。回想在这个房子中，我们有过很多次能记得起来的争吵，大大小小，每一次都是站在入门处的餐桌前，两个人眼睛红红的，把憋了一路的苦都一股脑倒出来。

从发生口角的案发地到"安全屋"的这一路，我们两

个人通常会把脸憋得通红，甚至眼珠子都比平时要突出个分毫，心里止不住的埋怨往外冒，严重的时候气话都快在身体里沤发酵了，等说出来的时候自然也就发着苦味。可即便如此，我们也不会在公共场合发作出来，这是为了我们心里共同的那份"体面"。

但有一次，平淡无奇的一天，我从外面回来听到隔壁邻居在大吵，关着门，但逐字逐句我都能在门口听到，吓得我赶紧开门进了卧室，脑子里乱成一团，仔细回想我们都在大门口说了什么。这种时刻，人很容易变得懊悔，为自己当时的冲动而不值，但凡再勤快几步呢，挪到卧室里就肯定不会被邻居听到了。我把这份观察分享给他，他和我达成共识，再发生口角的时候应该走到房间的更深处。

可下一次争吵到来的时候，这份共识还是会被我们抛掷脑后。仍然是熟悉的大门口，关上门的瞬间，我们好像空间被法术净化了一般，不顾音量地开始辩论。

有一段时间我也在想，为什么我们有那么多架要吵呢？是因为我们不够合适吗？像两个总是会卡到吱吱响的齿轮？可真当我冷静下来去看待那些引起争执的事情，完全算不上什么大的主题，无非是一句语气不好的表达或是一个皱眉的动作，一个细节就足够我们俩委屈。

我们也试图去问过身边处于长期亲密关系的朋友，有人和我们一样不擅长大事化小小事化了的处事逻辑，也有人天生钝感可以直接忽视那些细节。但不管哪一种，相处的诀窍终归是要两个人同频。比如我们两个人可能做不到不敏感，做不到去忽略相处中的瑕疵，那就争执，坦坦荡荡地争执。

反正相爱的人吵架都有着均摊的委屈。最后无非是再互相道歉互相安慰，或是以抱头痛哭收尾，如同一个固定模板，作为"安全屋"系列的片尾曲。

本场争吵不能有任何人类观众。

鞋

记得小时候有种说法,情侣之间不能互相送鞋,送了鞋就意味着给了对方跑路的自由,两个人走着走着就会散了。

对于这种情感里的忌讳,我向来都很信。毕竟信了,避开了,等到感情里真出了什么问题,也不会懊悔,不会说出那句"要是当初没有这件事,或许我们会不一样"的傻话。

十几岁的时候,我甚至把所有情侣之间不能送的东西都抄在了日记本上。不能织围巾、不能送伞、不能送杯子等等,各种莫名其妙的理由我当时都深信不疑,黑笔抄完还用红笔特地给它们画了个圈,打了个叉,并在旁边写上一句类似于什么为了爱情之类的蠢话,以此提醒我自己,千万别在这方面出岔子。

之后的十来年,我都很认真地遵从了这套送礼法则。

面对心动的男孩,我会很刻意地避开送他们这些礼物,生怕干扰了我的爱情进程。直到我发现不送伞也会散,不送鞋对方也会走,不爱我的人终究没有因为我的小心翼翼而变得爱我。这根绷着的弦,也就慢慢松了。

到我们俩恋爱时,这些事在我心中已经彻底不重要了,那根弦也彻底隐了形。很久之后我才意识到,送给他的第一份礼物就是一双鞋,和我当年日记本上那句"为了爱情"呼应成了一种特别的幽默。

那时我们刚在一起没多久,约着下班后一起吃饭逛街。在一家运动鞋店,我们发现有双鞋很有意思,鞋上写了 NMD,有着一种愤世嫉俗的可爱。

我催他上脚试试,心里想如果他穿上觉得还不错,就立刻送给他,毕竟前几天刚收到了他送我的礼物,作为回礼这也是个不错的选择。他穿上之后,大概也有刚恋爱的

光环加持，我觉得他整个人都透着一股笨兮兮的可爱，格外不错，我火速去结了账，于是这就成了我送给他的第一份礼物。

他换上那双鞋后，我俩一路从三里屯走回了大望路。五公里的路程，我们慢悠悠地走了快两个小时才到家。走得这么慢，也是因为那天我穿的是带一点点跟的尖头鞋，始终无法舒适地行走，走不了多久就要停下来喘口气。放到现在我肯定是想不通的，为什么要在一个会散步的约会中穿这么别扭的一双鞋，但当时，那是我的一种仪式感，或者说那是我的一种体面，哪怕他随意低下头，也能看到我的用心。

那段时间我们频繁地散步，频繁地在行走中交换过往的人生。几乎在每一场约会中，这都是不可或缺的项目。而那段时间，也几乎是我们交往以来我穿鞋最在意的

时候。周一的尖头鞋上有一排小珍珠，周四的鞋是新买的复古小皮鞋，周六我要穿那双显得我腿长的靴子，总之约会的每一天我都有认真设计，从头到脚都在为爱徐徐绽放着。

但这并没有持续很久。

大概两个月后，我又逐渐变得懒惰了起来。我开始试探性地穿着洞洞鞋和人字拖去约会，而且越来越大胆。起初可能一周只会这样穿一次，然后慢慢变到三次，在用心和舒适的选项中，我越来越偏向于后者，最终在恋爱三个月的时候，我就彻底做回了人字拖女孩，且不再有心理负担。

本以为他会介意这种懒惰，但我发现他好像也松了口气。忘了具体是哪一天，大概就是在我心虚地穿了一段时间人字拖后，我问他是否介意这件事，是否介意我不如刚开始约会时那样精心，他连连摇头，表示他看到我舒舒服服的样子时很开心，也终于可以邀请我去散更远的步了。三个月的伪装后，我们终于进入了着装上的坦诚。

刚好那段时间我们也住在了一起。那些精美而不常穿的鞋子渐渐被塞进了鞋柜的最里面，不再出现在生活中。

玄关处摆放的鞋子变得越发单一，跑步鞋、人字拖、洞洞鞋和家居拖鞋，总是这几样，翻来覆去地载着我们四处生活。任何一双穿坏了，那就再换下一个同类别的鞋子摆在那儿，实用主义为上。

今年搬家的时候，我们彻底收拾了一次鞋柜，把所有鞋子都翻出来，摆在玄关的地上。实话讲，那一刻是有一点震撼的，在一起的这三四年，一半以上的鞋我们都快忘掉了。那些为了精美的仪式感而生的鞋子许久没见过光了，藏在鞋柜的最深处，被迫有了一种早已完成使命的宿命感。

也是这一次，我们才再度关注到写着 NMD 的那双鞋。我问他，当时你是不是觉得这双鞋很喜欢？他说，是。我又问，现在觉得它怎么样？他说，感觉蛮一般的。我也附和道。突然意识到那个时候我们的审美都蛮奇怪的，把刻意都写在了最明显的地方，像两个张牙舞爪生怕别人注意不到的孩子。

我们把那些不常穿的鞋子扔的扔，送的送，最后只留下了本本分分的那老几样，刚好能够维持着我们当下的生活。我觉得很轻松，像是把我们两个人之间最初所有的伪装都打包丢掉了，纯粹得像是两个赤裸拥抱的人。

我们把刻意
都写在了最明显的地方。

02

客厅

午后三点
要在沙发上拥抱

入睡之前
要关上房间里
最后一盏灯

有些事
不必一晚上做完

所有美好
一定要按时发生

墙上的照片

搬到新家之后,我们始终没有决定好该往照片墙上挂哪些照片。

生活在一起的这一千多天,我们留下的照片很多很多,如今既要从中选出重要的时刻,又得考虑洗出来挂上好看,反反复复挑了几天,彻底给挑花了眼。最终决定在某一天的晚饭后,坐在沙发上面对面地翻相册,从我们认识的那一天开始,把所有照片都翻一遍。

先是翻到了我们的第一张合影。

短短几年而已,我们俩的长相已经变得和那时完全不一样。当时我短头发,很瘦,套在身上松松垮垮的那件吊带我现在都穿不进去了。他的变化更大,如今的美黑壮男在那时候还是个清瘦的白净小男孩,一阵风吹来,我们两个人都会踉跄一下。照片里我俩还摆了一个假装很熟的姿势，我揪着他的耳朵而他眯着眼刻意摆酷，谁都不想在照片里看起来更爱对方，但身体都不自觉地倾向对方，如今看起来很是有趣。

接着翻到了我们一起去旅行的照片。

民宿里，我们拍了一张脚贴在一起的照片，并将其命名为"握脚"。我记得那时候我还信誓旦旦地讲，这张照片超浪漫，是只属于我们两个人偷偷摸摸的那种浪漫，我穿着紫袜子，他穿着橙色袜子，心里想着再没有人会比我们更登对呢。

然后又翻到了一组我们的婚纱照。

不是正式的那种，而是一组好玩的恶搞照片。他穿着朋友店里最大码的婚纱，而我穿了一身小西服，两个人假装在跳华尔兹，让朋友帮我们拍了下来。其实那一天是朋友的婚纱店开业，本来是我要穿婚纱拍几张照片来捧场的，但我们商量了一下觉得还是算了。那时候我们还没有到真正意义上谈论结婚的程度，他也不想我穿着婚纱向他走去的画面如此随便，于是就改变了计划，他成了那个穿婚纱的人。

接下来就是我向他求婚的那天。

没错，在这段关系中，我是那个求婚的人。《老友记》

里，莫妮卡在摆满蜡烛的房间向钱德勒求婚时，我哭到不行，暗暗发誓如果有一天我遇到了想相伴终生的人，我也要做那个主动求婚的人。我可以写一封长长的信再读给他听，比起一句"我愿意"，我有更多饱满的爱想在那一刻提前释放出来。某天晚上，我偷偷问他介不介意做被求婚的人，他先是有点惊讶，随即开心地答应了。如今回想起来，或许那一晚才是真正求婚成功的时刻，之后的求婚现场，对他来说是一个惊喜，而对我来说则是圆了一场梦。

再之后相册里就涌入了大量我们婚后开始运动的照片。

我们在健身房，我们在攀岩馆，我们在各种运动场所的留念。如果将婚姻作为一扇门，步入前的我们仿佛是怯懦的。我们不敢做太大的动作，大量的时间都在思考如何与对方相处，或者说如何掌握爱的平衡。而步入之后，两个人好像都瞬间松了一口气，变得大胆起来，开始牵着手一起探索这个世界。

我很喜欢我们在莱利海滩的一张合影。

当时我们住在泰国甲米的莱利海滩。第三天时我们决定去走一走岛上的徒步线路。当地人很推荐，说这条线路很短，对新手也友好，两三个小时便能打一个来回。可没想到入口处就很难，近乎垂直的"路面"需要手脚并用，我们完全不敢掉以轻心。等到了山顶，风景却变得完全不一样了。沿着小路一直走，居然看到了一棵参天古树，抬头也看不到它的尽头，仿佛下一秒就会有精灵出来施放魔法，带着我们飞去树的顶端，引领我们走入一个崭新的精灵王国。

我们举起手机在这棵大树前自拍，但不管怎么拍都很难将我们和树框到一起，最后还是麻烦了一位过路的游客。对方很懂拍照，广角下我们瘦瘦长长，大树恰好被阳光映得极其好看，按下快门的那一刻仿佛真的有精灵飞过一样。

还有一张在日本熊野古道的合影，我也很喜欢。

如果没记错，那应该是我们在熊野古道徒步的第三天。我们都背着巨大的徒步包，穿着略显狼狈的速干衣，晒得黑黑黄黄的站在大斋原大鸟居前。当时非常想找一个会用相机的过路人帮我们在那里拍照留念。等了半天，终于看到一个脖子上挂着相机的大叔往我们这个方向走来，特别开心的是，甚至都没等我们开口，对方笑着接过了我们的相机，帮我们拍下了一张非常棒的合影。

照片里他轻轻地搂着我，头靠向我这边，而我左手捏着地图，右手躲到了他身后，试图更近地挨着他，更显亲密。这张合影两个人都少有地笑得很自然，大概也跟徒步带给我们的精神抚慰有关，没有紧绷感，心里都默默想

着，要在这个地方留下一张好看的合影，才能更对得起这趟旅程。

翻遍相册之后，最初的问题似乎还是没有解决。每一张与我们有关的照片，我们都想打印出来，因为每一个瞬间都是独一无二的，都是美的，是无法被另外一个时刻替代的。但都打印出来又不切实际，丧失墙面的美感倒是其次，我更担心反复看到这些照片，会对这些难得的时刻感到麻木，丧失了偶尔翻阅时的快乐。

最终我们取消了照片墙的想法，让那面墙空着，才能保留更多的遐想。

我们彼此安慰，未来一定会有下一张照片是最值得挂上的，少即是多，一张就足够完美。我们心里也清楚，或许永远不会有那一张。我们都更希望还会有下一张，而下一张往往才是更好的选择。

**谁都不想
在照片里看起来更爱对方。
但身体都
不自觉地倾向对方。**

电视

刚从爸妈家搬出来的那几年,我有点抗拒电视在我生活中的出现。有它在的客厅太像家了,如果只有我一个人在房间里,晚上坐在电视前,变幻的光映到脸上,想到那个画面我都觉得孤独。

大概是在 28 岁的一天,我坐在沙发上,刷着手机,突然觉得很疲惫,心想,这时候如果有个大屏幕在旁边播着声音该多好啊,我甚至可以不全神贯注地看着,只是眯着眼睛听也行。这个念头出现时,我本能地在心里挣扎了一下,感觉是向什么东西妥协,但很快我就消化了这份挣扎,火速下单了一台电视,挪走了几摞电视柜上的书,准备迎接我 2.0 版本的独居生活。

事实上,一件电器的加入并没有改变我太多生活,根本没有想象中的那么夸张。只是每天我回家的时候,租的房子更像家了,在茶几上摆了水果和零食之后,更有了一种阖家团圆的感觉，搞得我偶尔会有些无措。

还记得他第一次来我家，为了防止尴尬，刚走到沙发那里，我就把电视打开了。随便开了一个闹闹哄哄的综艺作为背景音，其功效和寄养小狗的地方也会开着电视一样，都是一种氛围，像家一样，能让人快速放松下来。

我俩就那么并排地坐在沙发上，偶尔会侧头看对方，大多时间盯着屏幕上对我们也不咋认识的人进行一些无意义的点评。最后我俩被吵得头疼，说找个安静点的电影平缓一下，还倒了两杯威士忌。从这一刻起，属于我们的夜晚才徐徐打开。

电视时常会成为我们缓解尴尬的方式。不太熟的朋友来家里，聊了几句之后不知道该如何继续，我们会假装打开电视，说最近哪部剧很好笑，播出来大家一起吐槽吐槽。吵架了，吃饭的时候谁也不想说话，打开电视放两集《老友记》，屋里的气压也就慢慢回升了。我也没有想过在这些场景下电视居然扮演着这么重要的角色，

此刻，写到这里，我突然觉得它还蛮重要的，像一个家中默不作声的调和者。

痕迹

忘了在哪次旅行中了，我们两个在异乡坐着地铁，车厢相当拥挤，根本没有空闲抽出手来玩会儿手机，只能发呆，像小时候那样。

这个时候的大脑运转方式很是奇妙，眼睛瞟到任何一样东西，仿佛都能开启一场新的思考。哪怕上一件事还没想完，也可以暂时搁置在那里，或许某个时刻大脑又会转回去，处于发呆中的人根本不在乎思考的顺序。

当时我突然看到了自己袖口的一根猫毛，沾在那里，任何一点气体都会带动它摇摆，没有什么规律，时而哀怨地晃动，时而快乐地打战，像是拥有了短暂的生命。我盯着它有些入迷，脑子里突然印出了"痕迹"这两个字，甚至开始思考若是十几年后，家中猫狗逝去后再在袖口上发现这样一根猫毛我会作何感受。想着想着，我鼻头一酸，差点在地铁上大哭起来。

我总是会这样没来由地想到一些事情，瞬间难过起来。下了地铁之后我跟他说，我刚刚想到了十几年后我们与家中小动物离别的场景，甚至想到了我们两个人中有一个人先行离开这个世界，另一个人该如何生活的事情。他看着我鼻子红红的，瘪着嘴，觉得很好笑，拿起手机拍下了我这一刻莫名的委屈。拍完我一看，自己都笑了起来。

傍晚回到住的地方，洗手的时候我发现那根猫毛还在，我的大脑又续上了坐地铁时的思考，再度陷入了"痕迹"带给我的难过之中。

想起我们刚刚恋爱的时候，他早上起床去上班，我会故意窝在被子里再多待一会儿。这时床单上的褶皱也变得很有趣。如果这个时候阳光刚好照到床单，褶皱会变得更加明显，我不舍得去破坏它，会觉得那是前一晚欢爱所留下的痕迹。是爱欲的艺术呢。

就像物体本身是不具有生命的，被人类使用过之后，它们有了新的气味、新的纹路，才像是有了生命迹象，也成了描述某段故事不可或缺的一幕空镜。这也是随着年龄增长，人开始依恋旧物的原因。

刚上大学的时候，我给自己买了一块数位板用来画画，几年之后它的表面布满了没有规律的划伤，坑坑洼洼，但在我心中，它却比任何一块新板子都更加完整。它坏得很突然，刚好是我带它去出差的那天。我坐在酒店里拿它一点办法都没有。它就像寿终正寝的人离开时一样安详，毫不拖拉。当时我急于交个活儿，甚至没时间找地方去修，最后只能买了一块新板子让闪送到酒店来代替它工作。在酒店的桌子上，我把新旧两块板子并排放着，拍了张照，并在脑子里为它们举办了一场交接仪式之后才开始使用新板子。但用起来的时候再也没有旧板子的感觉，很是难过，如同送别了一位共同生活多年的爱人。我偶尔会翻出那张照片看看，看到旧板子上胡乱的痕迹觉得很是安心。

之前也说过，我们在一起搬过好几次家。每次离开旧屋，都会有种《老友记》最后一集的感觉，像在和过去的一段生活告别。

我们共同住过的那间复式，楼梯有些陡，最后一次上去的时候已经彻底搬完东西，打扫完卫生了。踩过木地板时吱呀呀响了一下，我低头一看，居然在木地板缝里又发现了两粒猫砂，赶紧用指甲抠了出来。走到主卧，发现那盆植物被保洁阿姨放在了床头柜上，竟然意外地和谐。植物是我们逛宜家时买的，因它枝干扭得奇特有趣，便买下了它。只花了10块钱，但还是给它取名叫"千贵儿"，戏称是我俩的"孩子"，没想到它越长越奇怪，不再长叶子，只顾着枝干越来越扭，像一根木质螺丝。

搬家那天我俩特意讨论要不要将它拿走。后来说算了，不如把它留在这吧。可等我最后一趟来房间里检查的时候，看它在那里可怜兮兮的又有点舍不得。最后我们还是把它带到了新家，放在了窗户旁的柜子顶部，任其生长。

你看，当我聊起脑子里那些"痕迹"时，想法便会飞来飞去，毫无逻辑地提起某样东西，然后吧啦吧啦讲上一通，再跳到下一样东西。

突然又想起了刚恋爱时，我们出门约会。那个时候我还很在意每一次出现在他面前的样子，所以每一次都会特意打扮，去不同的地方，穿不同的衣服，我还会特意喷不同的香水，营造一种刻意的新鲜感。

回到家，我懒惰地把衣服堆在沙发上，堆上几天，才把一摞衣服集体丢进洗衣机。洗之前，我会闻到每件衣服上尚存的香水味，闭上眼睛，就又会回到当时那个约会场景里，甚至会猛地回到我们在电影院里牵牵小手的瞬间。

除去味道，我还突然想起了我们刚在一起的时候，我很喜欢拍他的眼睛。照片也好，视频也罢，恋爱的前几个月我拍了很多。那时候他很少笑，大概是男孩子觉得装冷酷会更吸引人，所以他几乎不会大笑。相处久了，他也不再搞装酷耍帅的小伎俩，开始跟着我一起大笑，肆无忌惮地，笑到鼻子皱起来，眼角长出鱼尾一样的纹路。时间长了，他的眼睛变了一点点形状，眼角多了一些皱纹，浅浅的，但每一条都是被笑容刻出来的记号。

人是有通感的，所以痕迹也不分五感，都有可能刻进人的心里。常说人这一生所活的不过是几个瞬间，闭上眼想一想也的确如此。

今天眯眯瞪瞪醒来时，突然发现他从后面抱着我，半梦半醒间，感觉每一个早晨我们似乎都是这样的状态。随后我好像又昏昏地睡过去了，梦见在更高维度的视角，看到每天早晨房间里的我们，如同两条行动缓慢的虫子，拖长的虚影是我们以各种姿势相拥。

我记不得
线性的生活轨迹
但总是记得
几个时刻
几个画面
几种气味和几个
突然的变化

纪念日

小的时候我大多住在姥姥家。

客厅的挂历上总是会画着一些圈儿，没什么规律，有时候一个月会有好几个被圈出来的日期，也有时候一整个月啥都没有。那时候什么都不懂，只觉得好玩，便问我妈这是什么意思。我妈说被圈出来的都是重要的日子，提前圈出来等到日子就不会忘了。于是我也学着大人的样子，每年挂历刚一挂上，就立刻拿着笔把我生日那天圈出来，试图去提醒家里人，这一天很重要，这一天要吃蛋糕。

所以在我的概念里，任何纪念日都是要被提前圈出来的，不管是在挂历上，还是在脑子里。如今回溯我的仪式感是如何养成的，想必和挂历上那些潦草的圈圈脱不开干系。

我们正式确认恋爱关系那天是六月六号。

如今回想起那个场面，我都觉得有些模糊了。只记得我们两个坐在床边，都挺真诚地说着什么，然后我还哭了，哭得一把鼻涕一把泪的，大抵还是因为从未被好好爱过的委屈，以及对于他是否会真的爱我的怀疑。

现在想来，这些瞬间也没啥意义，毕竟这些东西的确认过程不是靠落下几滴眼泪和对方的反应就可以完成的。可当时我就是无法自已，也有可能是他的反应让我觉得格外放松，哪怕暴露自己的脆弱也没什么关系。

我记得那时候他好像也哭了，至少眼圈红了，我们两个像两只受伤的小动物，坐在床边，轻轻舔舐对方的伤口。整个过程很是漫长，真正聊到确认关系，大概是凌晨两三点的事了。

当时我还特意看了一眼手机，发现已经是六月六号了，心里莫名得意了起来。这是多好的日期啊，简直是给这场恋爱开了个好头呢。在摇晃不定的阶段，人难免要靠点玄学之力来给自己增加些安全感。

之后没多久就到我生日了。

我提前跟他暗示过挺多次，或者说那都不能叫暗示了，得叫明示。我跟他说我想要一个特别的生日，也想要个特别的生日礼物，千万不要贵重的，一定要用心的。我表现得像个挑剔的老师，出了一道无法立刻查到正确答案的题，甚至是连出题人也没有标准答案的大难题，我丢给

了他，却等着他给我一个难忘的答卷。

结果生日那天零点，我的门铃响了。透过猫眼望出去，看到我的发小头上贴了张纸，看不清写了啥，只瞧见他被我发小公主抱着，吓得我立刻开了门。

打开门之后，每个人都绷不住了，开始大笑。那个场面确实很滑稽。我的发小头上贴的纸写着雷神，而他不知道从哪里搞了一身洛基的装扮，还有一个纸糊的锤子，两个人在我门前上演了一出复仇者联盟番外篇。他知道那段时间我很迷洛基，所以特地选择了这种出场方式，离谱地在生日零点敲开我的门，作为特别的惊喜。他看我确实很开心，便摇摇摆摆地进了门，好像还朗诵了一段什么，让这出戏更为圆满。

实话讲，我已经记不得这整件事是否有产生对话，以及对话中都说了什么了。只记得他穿着洛基的衣服，还特地戴上了犄角，对我说生日快乐，我们还接了吻。就像梦一样，他造给我的，在我生日零点那一刻很突然地推送到了我跟前，希望我开心。

后来他告诉我，那身洛基的衣服是按照他的身高体重三围在网上定制的。我一查，算上所有配件居然要上千块，顿时觉得有些奢侈。穿过那一次之后，这身衣服就被我们塞进了床底，再也没有机会拿出来用，我们也舍不得处理掉它，就那么一直放着。

再之后我们就不舍得用这么兴师动众的方式来庆祝生日了，两个人有了默契，与其买这么身衣服，不如去找个好餐厅吃顿饭，我们对于仪式感的需求也随着时间变得越来越实际。

前年我发现他在手机上下载了一个软件，是专门用来记录纪念日的。无意中看到的时候，我很惊讶，没想到他会如此细心。我问他里面都记了哪些日子，他有点害羞，不肯说也不好意思让我看，最后连哄带骗地让他打开了软件。

我的生日、家里猫猫狗狗的生日、我们的恋爱纪念日、我们的结婚纪念日、我们一起戒烟的日子等等，各种我们之间有意义的时刻他都记了下来。这些日子刚好集中在春夏两季，在草开始簌簌生长的时候，我们的纪念日提醒也会陆续响起。从三月份到八月份，他的手机会反复提醒，接下来要忙着庆祝，忙着开心。

当时我很触动。这种感觉就像是在姥姥家的挂历上，我发现第一年在自己生日上画过圈之后，往后的每一年我妈都会抢先在我生日上画圈，让我知道，她比我更在乎这个日子。他也一样。

大概也是因为这件事，我对于纪念日也好，仪式感也罢，态度越发淡然。

以前谈恋爱的时候，我恨不得提早很多就开始盯着那个日子。我猜测对方会忘，便开始神经过敏。越是如此，我越希望纪念日来得轰轰烈烈，越是求之不得，越想要塞得很满。就像弹簧一样，压得越紧，弹得越狠。

可他和之前的任何人都不同。他尊重我对于纪念日的敏感，他理解我画在挂历上的那个圈，他会因为我在乎而变得比我更在乎。当我想要大张旗鼓的时候，他便配合我。当我想要平平淡淡时，他也可以陪着我。

我便不再有什么不安。

被施了魔法的树

有段时间我们疯狂地想往家里搬绿植,像是着了魔。

起因似乎是看了一个家居博主的vlog,她做了个前后对比,当一个家有植物和没有植物的时候氛围感上会差多少,由于视频前后的变化太过于直观,导致我俩环顾四周,觉得家里不够好看全是因为植物的问题。

陷入某种怪圈之后,人会自动忘却一些东西。房东留下的笨重的红木茶几,我俩视而不见。被猫抓得线头乱飞的绿色窗帘,我俩视而不见。那一刻我俩眼中都是隐形的植物,这里一棵,那里一棵,仿佛当它们真的摆进房间里了,化腐朽为神奇的魔法也就会生效。

那个周末我们就去了花卉市场。本来我俩商量得很明确,种类、数量、位置,甚至手机里都存好了照片,怕忘记名字时就拿出来给商家看看,保证买植物的计划万无一失。可是当我们走进市场后，那些计划突然就都失灵了。我们手拉着手，仿佛缩成了很小的两个人，两侧都是高耸的树，枝叶漫天。该买什么来着？我们边走边想，感觉丢掉那些原有的计划，一切重新来过似乎也很好。于是我们的购物计划就被草率地格式化了。

　　自认为万无一失的计划将我们的想象力束缚住了。我们认识的植物没有那么多，尤其是我，脑子里的几样都格外无趣。但在市场里目之所及，无论形状还是层次，都超出想象地好看。

　　也有个挺大的坏处，就是我们的感知力似乎变弱了。不知道是不是因为花卉市场的天花板挑高太高的缘故，我们站在植物下面，对于高这个维度的尺寸彻底失去了丈量能力。遇到一棵我俩都很喜欢的植物。他说，不高的，放到家里应该刚刚好。我抬头看了看，的确不算过分，离天花板还差得远呢。

　　可等这棵植物从货车上拿下来时，它好像突然被施了变大魔法。它变得好高，好茂盛，我们站在它旁边甚至可以借它的树荫躲躲太阳。怎么会这样？

　　等放进家里的时候，这个魔法好像变得更夸张了。按计划，它本该是摆在窗边那里的，可是从它进屋之后，房间立刻就暗下来几分。随着它往窗边的挪动，每挪几厘米，房间就会再暗上一度，最终停在窗子旁时，这棵树几

乎把整扇窗户都挡住了。

怎么会这样？我们两个人几乎异口同声。

它和我们在花卉市场看到的判若两树啊。在那里它看起来刚刚好，枝叶也很娇媚，我们想象中它摆在那里是非常柔和的。可现实中的它过分地高，几乎要顶到天花板了，我只能用强壮和鲁莽来形容它，立在那里，枝叶满开，充满了压迫感。

我们两个互相看了一眼，便开始犯愁。一分钟的沉默之后，我竟然委屈地哭了起来。想到昨天晚上我们两个还为家里要大变样儿了而高兴呢，想到刚刚我俩还为找到一棵都喜欢的植物而开心呢，结果居然成了这样。明明是盛夏的午后两点，我俩却像是在朝南的客厅里熬着夜发愁。

最终我们还是把这棵树送走了，送到了一个朋友的店里当发财树。那个店很大，挑高也够。我们送过去的时候它瞬间就又恢复了柔和的样子，摘掉了那个变大魔法。

人要在对的地方生活，树也一样。

夫妻相

最近越来越多人说我们两个长得像了。

起初我还以为这就是个客套话，跟对着一个小孩子说"你长得好像妈妈（爸爸）呀"是一个道理，显得他人之间亲近，显得自己友善。可听多了，我逐渐能从说这句话的人眼神里感受到，对方似乎是认真的，是真心觉得我们越长越像了，甚至有时对方会在说这句话的时候眼前一亮，如同发现了宇宙真理一般。

每当有人这样说，我都有些羞于面对这件事。毕竟两个人日渐相像的背后，原因通常是十分私密的。它代表着更多亲密的举动，比如频繁地接吻，频繁地观察彼此等等，下意识的模仿之前，肯定有着浓烈的爱作为铺垫。猛地被别人用"夫妻相"三个字概括，总让我有种被人看光了的感觉，仿佛被人抓住了露在外面的线头，往外一扯，整个人都赤裸裸的。

我问他，会不会有这种害羞的感觉。他说，没有，只是觉得我们哪有那么像啊，大家表现得也太夸张了。

于是在某一天晚上，我们决定并排站在客厅的全身镜前，倒要看看我们像在何处。开始两个人都憋着笑，故作正经地看着镜子里的彼此，可一个没绷住，就都笑出来了。我看他嘴角往上一抬，露出上下两排牙齿，眼角挤出一些细细的小皱纹，恍惚间我还以为是在看自己。他见我笑了，眼神也明显怔了一下。随后我俩大笑不止，宣布这场实验即刻结束，答案不言而喻了。

友谊的安全感

有段时间,我们的客厅堆满了朋友。每到周末,我们就会喊来一群无所事事的人,大家凑到一起玩桌游,吃快餐,喝奶茶,聊着各种各样的八卦,天黑之后再一起看部电影,到半夜大家才会各自打车离去。

印象中,那是我们恋爱的第三年。也许是我们之间的新鲜感和熟悉感都进入了一个动荡的状态,于是下意识地喊来更多朋友进入我们的生活,营造一种热热闹闹的氛围,以此试图去平衡一种在当时难以描述的感受。

这种感受大概是什么呢?如今回头再看,它似乎是我们对于同居生活日复一日地恐慌。虽然他没有跟我说过,我也没有问过他,但我们心里都在隐隐地害怕,害怕再汹涌的爱意,最终也会被生活的平淡所淹没。所以那个时期,我们频繁地喊朋友来家里聚会,也算是一种心照不宣的自救方式。

我的朋友很少，或者说我真心觉得对方是朋友的人很少。我只依赖高浓度的友谊，并不在乎数量。大部分有过交集的人在我眼中都更像是"熟人"，可以交流，但没有必要走得太亲近，否则会令我不安。他不一样，他有着很多不近不远的朋友，只有过一面之缘也可以保持经常的对话，亲近的伙伴也可以选择多年不见，他不会挑剔友谊的状态，几乎所有的友谊都是淡淡的，彼此也没什么亏欠。

叫共同朋友来家里聚会，几乎是逼着我们两个人都向前进了一步。虽说喊来的朋友们我们本都认识，偶尔也会一起出去玩，可让大家聚在一起，挤在客厅里共同度过几个小时，我们都很担心把握不好相处的节奏。而且在我眼中，有些人可能只是我原本定义中的熟人，如今我要放下不安，而他也要试着去允许朋友们更多地进入他的生活，对我们来说都是不小的挑战。

起初的确有一些不适，毕竟人打破自己的舒适区时，总会别别扭扭的。但总体来说，任何改变对于那个状态下的我们来说都很开心，只要有改变就值得开心。很快，我们也放松了下来。会有朋友来我家放新的歌单，也会有人点一些我们从没吃过的外卖到家里，一个熟悉的房间里逐渐产生了很多新的故事。客厅被友谊的安全感塞满之后，周末变得美妙起来。我俩也因而获得了很大的安慰，原有的边界感在被微妙地拉扯着，也终于可以放下心来，乏味的同居生活并没有日复一日地重复下去。

每一场聚会结束之后,房间会再度安静下来。我们两个人回到卧室的床上,躺下来的时候会极度放松。这一刻我们可以不再扮演家中的主人了,我们可以继续回归做一对无趣的恋人,只是瘫在床上,偶尔抚摸亲吻彼此,刷着最烂俗的剧集,不用担心任何人会质疑我们的品位。如果没有刚刚热闹的聚会,我们也不会这么珍惜此刻,很神奇,仿佛在无意间又收获了一份附加的礼物。

这种状态大概持续了有两三个月,到后来,我们累了,我们的朋友们也累了。一旦聚会变成了制式的安排,所有人的心底都会变得抗拒。频繁的聚会就此停止了。大家还是在线上群里热闹地聊着天,但没有人再主动提及周末来我家的事情了,一切又都回到了原始的轨道上。

一个新的周末,我们临近中午才从床上爬起来。突然意识到,之前困住我们的事情好像被彻底打破了,也不再为房间里只有我们而感到无趣了。

客厅的地面几乎被阳光铺满了一半。天气真好,我们要出去约会了。

我们隐隐地害怕再汹涌的爱意,也会被生活的平淡淹没。

当我们谈论死亡

—— 你觉得咱俩谁会先死掉呢?

—— 之前不是有人给咱俩算过嘛,说你身体比我好,那肯定是我会先死掉。

—— 可是那时候我已经很老了,过了很多年有你的生活,你没了我肯定过不好,可能比我先死掉这件事还要痛苦。

—— 那怎么办呢?

—— 你努力再多活活呗。

—— 我还不努力啊?我这每天吭哧吭哧运动,不就是想晚死会儿。

—— 但也有可能算命算得不准呢,没准儿我会死你前头。

—— 咱俩干吗非要在谁先死这个事儿上争先后,这事儿还且着呢。

——我最近总会想到这件事,莫名就会害怕。那天我刷到一个视频,一个奶奶握着临终老伴儿的手,抹着眼泪,嘴里念叨着什么你先走了之类的话,我突然觉得很难过,感觉一辈子太短了。

——但我们现在想这件事确实太早了,我们还年轻呢。

——可我们也不年轻了,你看,我们今年已经31岁了,人生的三分之一都过完了。现在每一天我们都有很多事情做,之后的每一天也是这样,一天一天过得会很快,一年一年也同样,一辈子嗖地也就过完了,死亡离我们哪有那么远呢。

——那一天一天,一年一年,我们也要慢慢儿过啊。

——可如果有意外发生怎么办呢?生活也不是所有变化都是线性的,不是明天和今天一样,后天和明天一样的。如果我们有人突然出了事情怎么办呢?

——哎呀,你先放轻松一点,别这么焦虑。

——我没有啦。我只是会很偶尔地担忧起这件事。小的时候我也会想到死亡这件事情,但那时候我没什么牵挂,撑死了在想如果我不幸去世了,该如何告诉父母我银行卡的密码之类的,甚至会想谁能帮我给其他朋友发个信息告知这场离世呢。哦对,我之前看了个日剧,叫《人生删除事务所》,说这个事务所帮不幸去世的委托人处理好电子设备里的东西,该删掉的删掉,该发给谁的发给谁,还蛮符合我心中对当今时代的需求的。我总是在想，如果有这样一个事务所就好了，或者我要不要提前准备个电子遗嘱，以防我突然离开，却在这个世界上没有留下合适的痕迹。

——后来呢？

——后来不是跟你在一起了嘛，跟你结婚了，我们还有了小动物，未来可能还会有孩子。我对于死亡的担忧就更多了。我不仅开始担心我自己，我还会担心你，担心猫狗，担心尚未出世的孩子，想到任意一场死亡我都会无比恐惧，甚至远胜我自己的离开。死亡的痛苦，留给在世人的反而会更多，那是一个漫长的消解过程，我光是想想就会想落泪。

——不要这么提早地去为这些事情难过啊，这样岂不是要难过很久。就算这些事情真的会发生，那就等发生的时候再难过。

——我当然知道啦，可我还是控制不住偶尔去想。以前我没那么怕死亡这件事，最近刷到一些视频，听到朋友说的一些事情，对于这件事的感触更强了。

——有什么积极的影响吗？

——也有。听闻一个朋友的朋友的老公突然离世，我胸口像吃了一记闷拳。我搞不懂为什么越是相爱的人越是会遭遇这种分别。你没发现我最近说"我爱你"说得更频繁了吗？那件事对我的触动很大，我现在就是想啊，不管生命会突然停止在哪一刻，我都希望不久前是有强烈地表达过对你的爱的，这样我才不会后悔。

— 我也爱你。

— 不要用"也"这个字啊，这样听起来像是一个回答。就只说"我爱你"就够了，这样才是真心的。

— 好！那我爱你！

— 这还差不多。

— 那你现在的焦虑感好一些了吗？

— 好多了，刚刚那种迫切的情绪淡下去了。突然觉得死亡如果是必然的，倒也不必这么恐慌，总要面对，那就祈祷晚一点再面对吧。

— 对啊，你这样想才对。

— 每次聊起这种事，感觉你都像在捧哏呢。

— 我没有，我只是不知道该在这种事情上说什么。你比我在这方面敏感很多，虽然我也会觉得难过，但我这种情绪很快就过去了。

— 所以我们晚上吃什么呢？

— 我们还吃中午剩的牛肉怎么样？我再蒸个米饭，炒个青菜，行不行？

— 行。做饭之前能对我再说一句"我爱你"吗？

— 我爱你。

— 我爱你。

03

餐厅

人们热爱格子
不是因为想要活在框架之中
他们只是记得某天的郊游
终于为格子餐布找到一块草地
于是慢慢铺开了家

最自由的时刻
便无人谈论自由
食物随意摆放着
人类仍然会半跪着欣赏

撕扯 搅拌 咀嚼 吞咽
某一时刻肠胃也有了感激之心
鼓胀的肚子和倔强的骨头
都发出了声音
"多谢款待"
朝向那些施爱的人

餐桌上的磨合

大概就是四年前的这个时候吧,我第一次下厨给他做了顿饭。

当时真的是心血来潮,突然想向他展示一下我心灵手巧的另一面,于是拉着他去超市,扬言今晚一定给他来上一顿大餐。但说真的,我自己知道我这双笨拙的手连切菜都费劲,炒菜更是糊弄,但话已经放出去了,再怎么样我也得挺过这一晚。

推着购物车在超市里我是越走越心虚。整件事对我来说都太过于生疏了,以至于这些菜在我脑子里都是独立的个体,我无法想象谁和谁是天生一对,也搞不清谁和谁才是本季度最搭的组合,黄瓜、番茄、茄子、大蒜、南瓜和牛肉,一边走我一边愁。最后我们走到一个货架前,它刚好在卖那种已经拼凑好的组合菜,所有配菜都切好了并且装进了盒子里还标着一二三,就是把锅烧热,再按照步骤把食材丢进去就可以出锅的那种，我欣喜不已，赶忙挑了个回锅肉就放进了车里。

回家之后，我就钻进厨房鼓捣了半天。最后端上桌了一盘炒回锅肉、一盘红烧肉和一盘炒洋白菜，荤素搭配，乍一看挺像那么回事儿的。我递给他一双筷子，托着腮等他发表吃后感言，没想到他夹了一块肉放进嘴里，整张脸上的五官就团到了一起，面露难色，我问他咋了，他一时间竟然抻不出舌头说话，我赶忙夹了一块也尝尝，救命，真的是咸到发苦。

于是我在这个家的做饭生涯就这么终结了。

实话讲，我在做饭这件事上真的没什么天赋。我害怕火，也害怕刀。走进厨房的时候我就会开始想象各种危险事件是如何发生的，活跃的大脑完全没用到正地方，我想不到什么形态的鸡蛋和番茄炒在一起最好吃，但我能想到如果手一滑，刀掉落的时候会有何等惨案发生。总之，厨房里最不被欢迎的就是我这种人。

小的时候我爸妈就发现了我身上的特性，所以几乎不让我进厨房，怕我惹麻烦。长大之后，我日益确信我的技能点并不在此。但有的时候我也会琢磨，到底是我不擅长，还是因为小时候没有在这件事上多锻炼锻炼呢，就像先有鸡还是先有蛋的问题一样，很难找到最初的根源。

好在他很擅长，至少比我擅长得多得多。

在那次咸肉事件之后，厨房和餐桌就成了他的管辖范围。他喜欢研究这件事，比如买什么锅，用什么餐具，选哪个菜谱，他对于吃饭这件事有着很强的热爱。我很少会给出什么建议，毕竟作为一个不善厨艺的人，我认为对于别人最大的尊重就是夸赞别人的手艺，并且快乐地吃掉他的作品。他接管了我的饮食计划，我起初很不适应。他对于蛋白质的摄入量要求很高，我的意识跟上了，但身体却还没有做好准备。鸡蛋、牛肉、鸡肉开始高频大量出现在我的餐桌上时，我吃不下很多，整个肠道还会咕咕乱响，最初的那段时间有点难熬。

甚至有一次我还在餐桌上哭了，虽然我知道这样对做饭的人很不尊重，但那一刻我的情绪很难抑制，完全控制不住，一边吃着牛肉一边掉眼泪，给他看慌了，连忙问我怎么回事。我也说不上来，只是觉得最近吃饭吃得很辛苦，突然的委屈涌上心头，感觉两个人生活在一起要磨合的地方可太多了，连吃饭这件事也没能幸免。

如今回头再看，很神奇的是我们在餐桌上磨合得差不多的时候，也刚好是我们关系走入舒适新篇章的时候。

餐桌在某种意义上像是一段关系里的另一张"床",承载了人类另外一份本能的欲望。同居的恋人对桌而坐,面对食物时会流露出渴望的表情,吃到心仪的味道时会下意识抬头对爱的人笑,饱餐过后会瘫坐,大脑会停滞,望向爱的人时连眼神都会变得空空,血液流进肚子里,短暂地变回小动物。起初饱餐后我会变成猴子,而他会变成熊,慢慢地,我们都变成了草原上的狮子,饭后会躺在草原上拍打对方的肚皮,用动物的语言对对方说,很高兴能跟你一起吃饭呢。

馅儿

前段时间朋友突然跟我说,她好像真正进入婚姻了。

这句话让我颇为意外,毕竟"真正进入"这四个字有着挺重的分量,听起来比领证也好,婚礼也罢,都更有转折点的意味。我下意识地以为是出了什么大事,让她体会到了婚姻当中情比金坚的时刻,她连忙摆手说我想多了,事实上只是上周的某一天,她和她老公突然想吃饺子了,两个人一起在厨房里包了顿饺子。揉面、擀皮、调馅儿,忙忙碌碌一个下午,饺子煮熟上桌那一刻,她突然很想哭,仿佛瞧见了年轻时的父母。仅此而已。

我猛地共情了。

作为一个北方人,有"馅儿"的食物在我的脑海里莫名就有着团圆的含义。小时候过年过节,大人们会张罗着做馅儿,姥姥会说馅儿里要多放油和鸡蛋才香,于是会把我妈喊过去,让她学着放多放少的比例。这个时候我妈又会喊我爸过来，一家人围在一起学，放多少油，放多少鸡蛋，漫不经心地学着一代代传下来的智慧。

那时我还小，没学到调馅儿的精髓，父母也不急于传授于我，或者说在调馅儿这件事上一代也有一代的改革，要等我再大一些，父母他们有了自己更完美的配方才会喊我来学。我一直等着，结果这一天始终没有到来。我猜测可能是我爸妈觉得我在做饭这件事上毫无天赋，教我也是浪费时间，所以他们从没在这件事上动过心思，过年过节也只会让我擀擀皮，仍然扮演着包饺子系统中小孩子的角色。

直到我们结婚，我第一次领他回家的时候，才隐隐察觉到父母动了教授的心思。当着他的面提到该放多少油，该放多少鸡蛋，那一幕就像我小时候看到的场景一样，下一辈站在上一辈身边，目睹着饺子馅儿的诞生，完成一种特殊的传承。他也很在状态，在适当的时候点头，在适当的时候思考，颇得长辈们的喜欢。

可即便学到了，我们两个生活中也从未应用过这个技能。不知道是不是因为我们的食欲太过于简单，通常在家做饭只要把肉煮熟，把菜炒亮，再加上焖好的米饭，零零碎碎地吃上一顿就已经很满足了。做馅儿对我们来说如同一场大考，光是想想都觉得很是紧张。

印象中只在去年过年的时候，我们斗胆在家人面前表演了一下。他接过了调馅儿的那双筷子,而我接过了擀面杖,长辈们在一旁满含笑意地看着,期待着我们共同完成这场演出。我的脑子里仿佛出现了一场双人舞表演,我们两个人笨拙地站在一起,音乐一起,我们便分开站位,一人甩起了膀子抻面,另一个人扭胯转圈,极其滑稽。

好在现实中并非如此,我撸起袖子,学着印象中我妈揉面的样子,一下又一下,没有什么生活痕迹,更像是模仿。他也一样,放完这个食材下一个放什么总是要思考半天,就像在做没有预习过的化学实验一样。长辈们站在一旁看到这一幕反而更加满意了,或许是在过年包饺子这件事上,他们的地位是不可撼动的,我们越笨拙,越能印证他们的重要。很快他们就将筷子和擀面杖又接了回去,半分嘲笑半分夸奖地点评了一下我们刚刚的表现,随后嘻嘻哈哈地进入了往常过年包饺子的模式。

所以当朋友说出那一番话的时候,我颇为触动。或许在我们两个的心底里都有一丝丝反抗,我们不想模仿父母辈夫妻常做的事,这会让我们刻意去保持一种恋人的关系,不必屈服于某种关系必须要过的生活。但这件事我也没有想得太明白,毕竟不是每一件生活的小事都要上升到什么高度。或许我们两个只是都怕麻烦罢了,在回想这件事的时候又硬给它贴上了一层意义。谁又知道呢。

一段关系从恋人递进到夫妻,究竟哪里发生了变化,其实不在于时间,也不在于空间,那些笼统的大事件并不会在瞬间让人感知到更深的关联。奇妙之处永远在一些生活化的时刻当中。对方时时刻刻记得你不吃香菜,你会在他出门的时候帮他整理一下扭住的包带等等。细细想来,总是如此微小的时刻,让我觉得在爱情这件事情上又叠了一层新的感情。

04

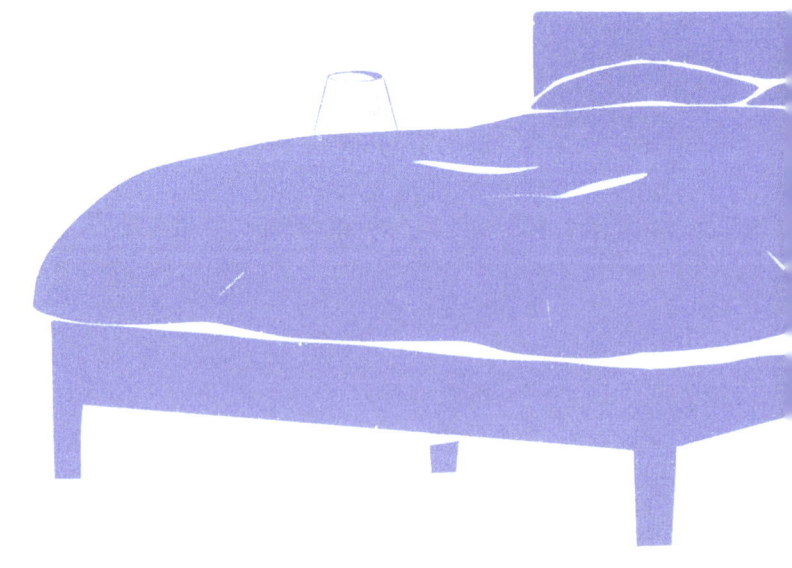

卧室

夜的气味
留到了天亮

路灯
变成太阳

你从我身边
悄悄起床

被爱的顺序

第一步：发生关系。

在当代爱情亲密等级中，性反而是容易的。两个人什么都不必说，只需要脱下衣服，拿出动物性的反应即可。不依赖于表达，也不强求暴露自我，身体的自然反应就足够完成一场交流。哪怕皮肤贴在一起，两个人也可以并不亲密，更像是为了满足欲望彼此的一场利用。性之于当代爱情，已经不再是一件纯粹而浪漫的事情，享受它，仅仅享受它，反而更加轻松。

第二步：一次无关欲望的轻吻。

对视几秒之后，如果你产生了一丝想要轻轻亲吻对方额头的欲望，那么恭喜你，爱似乎开始在你们之间流动了。不掺杂性欲的亲吻通常是无关占有的。只是因为觉得对方这一刻很可爱，或者觉得吻成了某种奖励，你在此刻想要赠予他，就像孩童间互换的玩具，也像动物间互换的苹果。

第三步：牵着手走在街上。

做爱也好，亲吻也罢，它们本都是私密的事情，可以两个人躲在房间里偷偷发生。关于爱最剧烈的变化，不是身体上的进入，而是它从私密的变为公开的，允许有了观众。

第四步：没有目的，平静地相处。

恋爱的初期，或者说一段关系的初期，永远是事件在引导的。因为不够熟悉，所以总要找个目的地，再找上一些无关紧要的话题，热热闹闹的才能免除尴尬。

直到有一天，可能是某个午后，两个人没有选择走出家门，只是坐在沙发上。窗户微微敞着，风吹得纱帘来回摆动，没有人会刻意挑起这个话题，没有人会刻意说上一句"哎，你看那个窗帘"，两个人只是做着各自手头上的事情，允许声音安静下来。那是第一次，你们两个人没有额外的目的，只是完成了一次平静的相处。

第五步：允许对方看到自己曾经的伤口。

真正的亲密是在哪一刻发生的呢？是在袒露脆弱时发

生的。也许某一天你们共同看着电影，电影里的某一幕突然戳中了谁的过去，一个人突然说"我也有过这样一段经历"，随后毫不吝啬地把某个伤口翻出来，分享着那个时候的脆弱。可能最后这个人哭了，也可能没哭，眼泪不是那个时刻最重要的东西。

　　经此之后，你们之间多了一个可以被提及的过往，摆在那里，成了你们关系更进一步的标志。

左边右边

刚刚住在一起的时候,我们没有刻意规划过谁该睡在床的哪一侧。我习惯性睡在离卫生间近的那边,方便起夜,不至于摸黑被绊倒,加上我不喜欢离窗户太近,于是就睡在了右边,而他睡在了左边。

现在回想起来,甚至觉得那是潜意识替我做的决定。因为我左脸比右脸好看一些,在恋爱的初期,除了那些客观小因素外,我下意识地想让更好看的那一面被他看到。而有意思的是,后来我才知道他觉得自己右脸更好看一些,所以当时这个选择对我们两个人来说简直是刚刚好。

在这个房间里,我们只住了三个月。但一切的浓度都很高,像是一杯刚刚做好的浓缩咖啡,浓烈且涩口,滚烫又让人心跳加速。搬离的时候我坐在床上还很不舍,总觉得这个房间里所存在过的每一分每一秒,都会在日后时常想起。尤其是这张床,它如飞船般载着我们去过很多地方,闭上眼睛,靠近彼此,云雨间便会电闪雷鸣。

之后我们搬到了一个小复式,卧室在二楼,床和地板都有些老旧,会嘎吱吱地响,但配上房东搭配好的一些黄铜灯具,整个屋子很是复古好看。在分配谁睡在哪一侧的时候,我们两个却犯了难。

在这个卧室里,窗户在床的右侧,而距离卫生间近的门则在左侧,和之前截然相反。我很犹豫是按照我的起夜习惯来选择位置更重要,还是把我的左脸留给他那边更重要,但最后我还是选择遵从习惯,睡到了床的左边。

这个小小的变动,着实让我适应了一段时间。以前入睡前抱着的是右胳膊,现在一伸手却先碰到左胳膊,别看只是镜像了一下,但下意识去拥抱的动作却僵硬了不少。他也一样。我们连亲热的方式都被迫有了些改变。

住在这里的一年多我整体睡得很不好,我也不知道是为什么,总觉得有什么东西让我格外别扭。起初我以为是这张床不够稳当,翻个身有时候都会吱扭一声,不像之前那么踏实。后来我又怀疑是不是因为这张床不是落地的,下面空出来的部分总会让我脑内闪出一些悬疑片段,所以总是在半梦半醒间觉得不安。可直到我再搬家的时候,这件事我才彻底想通,我还是习惯于他住在我左边,窗户也在左边,一切像我们刚刚住在一起时那样,我才能睡得踏实。

再之后，我们一直保持着他睡在我左边的习惯。不管是在家里，还是出去玩，哪怕我们去露营在帐篷里，也是他躺在我左边的时候，我能更快入睡。

有那么几次，我偏偏不信这个邪，硬是要跟他换个位置，结果那几次我几乎一夜没睡，中途醒了很多次，感觉整个人的磁场都被刻意扰乱了。好笑的是，一转身发现他也没睡熟，两个人都显得有些无措，搞不懂到底是什么在干扰着睡眠，但还是赶忙互换了场地。果然，睡在熟悉的那一侧之后我们都快速入睡了。

我试图去探究一下这是个什么原理，但至今未果。感觉像是爱把两个人拉到一起，随后就捏成了特定且固定的形状，偏离了这个形状便会觉得不适，而只要在这个形状中，不管怎么待着都惬意万分。尤其是睡眠这件事，本身睡得好与坏就有着一些随机的成分，跟季节有关，跟心情也有关，在这么多不确定之上，越是熟悉，自然也越是踏实。

前段时间我出差很频繁，连续几天没有和他住在一起，我们两个人都像失去了"安抚巾"的小朋友，感到有些入睡不安。我一个人躺在酒店床上，总是觉得位置不对，从这一头滚到那一头，甚至横过去睡，再竖过来睡，整张床被我试了一遍，可各种姿势我都觉得不够舒服。味道也怪怪的，总觉得差了点什么，我也说不上那具体是什么味道，总之觉得身边少了股淡淡的人味儿。

我们睡前都喜欢抚摸对方，有时候累了，做不到抚摸这么复杂的动作，但也要触碰对方。哪怕是一根手指头贴在对方身上也行，总之要接触着彼此。真的很像需要抱着小毯子睡觉的孩子，闻到那股味道，摸到那种触感，美梦才会如约而至。

当我意识到他不在身边我会有入睡障碍时，实在觉得自己有些矫情。毕竟活了这么多年，前面二十几年踏踏实实独自入睡，竟然因为这么几年的相处就不会自己睡了，简直是说不过去。可早上六点，当我猛地惊醒，看了一眼手机发现他也醒了，两个跳脱出习惯的人都无法睡踏实时，我竟然又为共同出现的小矫情而快乐。

毕竟我们都一样呢，都需要睡在对方身边才最踏实。

爱把两个人拉到一起，随后就捏成了特定且固定的形状。

梦

几年前,我买到了一本叫作《爱因斯坦的梦》的书。当时我在书店翻到它,就有种如获至宝的感觉。它是麻省理工的一位物理学教授写的小说,主人公是爱因斯坦和他的好友贝索。小说里爱因斯坦做了几十个梦,这些梦都有具体的场所、人物和故事,但每一个梦的背后,都探索着时间的究竟。

书中有一个梦的引言是:"在这个世界里,时间有三维,与空间一样是立体的。每一个做决定的刹那,同样的人,在三个不同的世界,有其不同的命运。"读到这句话的时候,我更加笃定平行世界的存在,或许不止三个不同的世界,而是更多个世界,它们平行存在着,只有梦是偶尔的桥。

所以我很珍惜做梦这件事。

跟他恋爱之前,我经常会做一些悬疑恐怖的梦。我总是扮演梦中探长的角色，举着放大镜，在梦里四处探索，寻找线索，再抽丝剥茧，找到梦中的凶手。这种梦通常都很累，我无法松懈下来，一直在思考，或者一直在奔逃，睡一觉醒来反而乏力得很，照镜子都能看到满眼红血丝。当时我还特地去搜了周公解梦，有人说是大吉之兆，也有人说凶得很，搞得我更加迷惑了，索性也就不再去探究背后的原因，每晚正常入睡，隔三岔五当一回梦里的福尔摩斯。

我们恋爱的初期，做的梦就更奇怪了。我本以为那段时间我们会做些与对方有关的春梦，正所谓日思夜想嘛，总会有一些白天的想象投射到梦中。可事实上，那段时间我俩都频繁梦到凶杀案，奇怪的是，我居然从警探变成了凶手，而且我俩成了彼此的帮凶，一人杀人，另一人还帮着埋尸。有时醒来交流昨天的梦，会惊奇地发现我和他的梦境还有些相通之处，真是搞不懂。

那段时间我还反复琢磨，这会是平行世界给我的什么暗示吗？比如借着梦告诉我，我们两个人相爱就是劫难？我没控制住又上网搜了搜，结果搜出了一条写着"条件合适的情侣有结婚或孕育小生命的冲动"，吓得我那段时间在避孕的措施上不敢有半点马虎。

好在这种情况俩月以后就彻底过去了。我没再频繁地梦到凶杀案，甚至连梦都做得少了，有时候刚刚结束晚安吻，一转身我们就各自睡着了，再醒来已经是新的一天。

偶尔我还是会梦到一些奇怪的东西。

有一次，我梦到我们去看电影。邻座的一个女孩突然开始找他说话，说着说着两个人就在电影院里公然暧昧起来，当时梦里的我很恍惚，心想怎么敢大庭广众下当着我的面出轨呢！我气呼呼地在电影院里大喊，可像是装了静音键一样，周围没有人能听到我的声音，对于我夸张的肢体也毫无反应，我越喊越急，最后把自己气醒了。

醒来之后，我看见他的脸就气不打一处来，毕竟此刻的我还迷迷糊糊的，梦和现实搅在一起，只觉得他做了对不起我的事情，而且还那么猥琐，气得我直接坐在床上把他推醒，进行了一番激烈的言语教育。他很迷茫地睁开眼，表情蒙到不行，听完我的控诉之后，打了个哈欠又接了个苦笑，拍了拍我说，是假的是假的，睡吧睡吧。

这种有关他的糟心的梦我还不止做过一次。

有一天晚上我梦到我的猫尾巴被人剪短了。我哭着带猫去看医生，医生说这种情况一看就是人为的，你得找到干这事儿的人，找到了我才能帮你把它的尾巴接上，找不到就没办法了。然后我就开始了调查，查监控发现居然是他剪的。梦里的我简直要气疯了，抓着他的衣服大吼为什么要这样对待我的猫，为什么要这么残忍，结果他无辜地说，现在就是流行这种尾巴，剪了是为猫好。我哭得声嘶力竭，嗓子都喊劈了。梦里我突然听到远方有个声音跟我说，你怎么了！我猛地就醒了。

是他在现实中叫的。他说听见我在旁边呜呜地叫，像在哭，吓得他赶紧把我叫醒了。问了我梦里的前因后果之后，他赶紧把猫从客厅抱到卧室里来，让我看看这只小猫的尾巴是不是还完好。我一瞧，小猫眯着眼睛，也像是还没睡醒的样子，尾巴不耐烦地扫来扫去，瞬间就踏实了。好在这场噩梦也没再有下半场，不然我真的会很崩溃。

后来我也问过他，有没有梦到过一些我不好的。他说也有，梦到过我出轨，也梦到过我做一些奇奇怪怪的事情，但醒来之后就好了。梦都是反的，没必要太记在心上。我很羡慕他处理梦境与现实的方式，道理我也懂，但在梦醒交替的那一瞬间，我总是会分不清。尤其是美梦，醒来的那一刻更是舍不得，会感觉光芒从我身体中抽走了一样，醒来看着天花板都灰暗无比。

在《爱因斯坦的梦》那本书中，还有一句话："在这个世界里，每一个吐出的字，只向吐出的瞬间倾诉；每个眼波流动的一瞥，只有一义；每个手指轻柔的一触，没有过去，也没有未来。"

只有活在当下的每时每刻才是最好的吧。不管是活在现实里，还是梦里。

每一个吐出的字,
只向吐出的瞬间倾诉。

拥抱

我总在早上醒来的时候,翻身看向他。

想要一个纯粹的、轻柔的、坦荡的、没有杂念的、充满温度的、能嗅到皮肤香气的、潮湿的、深刻的、轻轻摩挲的、亲昵的、如同长出触角的、不迟疑的、没有替代性的、冗长的、不必言语的、亲昵的、暂停时间流动的、窸窣的、纵情的、带有幻想的、愉悦的、日复一日的、松松散散的、不迟疑的、悸动的、下意识的拥抱。

对于新一天我便心满意足。

赤裸

很羞愧地讲，在 25 岁左右的时候，我才敢脱光了站在镜子前，赤身裸体地观察自己。我忘了那一天是受了什么启迪，有可能是我刚刚看完《女性瘾者》，一时间对自己的身体也好奇了起来。我站在镜子前，一件一件脱掉衣服，过程中我频繁出现很别扭的感受，很古怪。我下意识会避开镜子里逐渐赤裸的自己，尤其是面对胸部和下体的时候，我的别扭达到了顶峰。那是一种掺杂着轻微恐惧的抗拒，我不敢直视自己的身体，当它失去所有外物遮掩的时候。

我曾怀疑过，自己是不是 nudophobia——惧裸体症，可查了一下资料，我也并没有那么严重，归根结底我只是羞耻，对自己赤裸的身体感到羞耻。

外人眼里并不会感受到我对这件事的困扰。比如去澡堂子，我可以飞速地脱光，坦然地站在那里洗澡，我并不担心同性的目光,也不担心那一刻身体的暴露,我完全放松。但只要在我面前放置一面镜子,让我可以看到自己的身体,那整件事就不一样了。我会控制不住瞥向自己不好看的地方,比如背部和臀部相接处的赘肉,比如腿部膝盖处莫名堆积的脂肪,然后开始变得自卑,变得难过,变得胆小,我不再能挺起胸脯在这里清洗自己,我会下意识感觉别人看向我的目光是嘲讽的,只想尽快离开这里。

在两性关系上,情况相似。我可以接受爱人的亲近与抚摸,但抗拒了解自己的身体,尤其不敢在这个时刻下了解自己的身体。

记得刚跟他在一起的时候,入睡前我一定会穿好睡衣。我害怕皮肤直接触碰被子,更害怕天亮的时候,倘若我睡姿不雅,心爱的人会记住我身体扭曲的样子,哪怕对方不会觉得有什么不好,我心里也会无比介意。当时正值《了不起的麦瑟尔夫人》播出的时候,我看到她会在丈夫起床前化好妆再躺回去,那一幕我是完全可以共情的,只是我做不到那么勤劳,但我至少可以做到不再暴露更多的缺陷。

但他不一样,他很享受赤裸状态下的自己。

逐渐熟悉之后,他也会建议我在入睡时尝试一下裸睡,会非常舒服。起初我很抗拒,一段时间之后我开始试探性地少穿一些,比如从长袖长裤改为吊带裙,再然后脱

掉裙子，保留内衣裤，逐步试探自己在赤裸这件事情上的接受度。这个过程比我想象中要快，当我体会到在睡梦中可以不再被束缚时，自然也爱上了这种感觉。裸睡的时候，身体会和四件套的布料轻轻摩挲，有时翻身也会触碰到爱人的身体，滑溜溜的，那一瞬间的触感像是摸到了两个月大的小狗肚皮。

这个变化并非是自然而然发生的，他帮助了我很多。他总是会赞美我的身体，会夸它好看，不带欲望的，仅仅是作为人类的赞美。起初我很难接受，总觉得他的表扬一定是阴阳怪气的，因为我不相信我的身体是美的，别人刻意的夸赞一定别有深意。可他几乎每一天都会表扬我，赞美我的眼睛，赞美我的肩膀，赞美我的屁股，赞美那些甚至连我自己都没仔细观察过的地方。

曾听人说"人在被爱的时候会长出血肉"，我颇为触动。但我并非是额外长出了血肉，而是因为被爱，我敢于正视我的血肉、我的欲望、我的皮肤褶皱和每一处在我身上美好与不美好的细节。赤裸的我，或许本就是美好的。

触摸

他轻轻触摸了我的头发。

沿着头顶，缓慢抚摸到发梢。我没有觉得这个动作冒犯，反而觉得舒适，像是一种动物性的交流。我也学着他的样子，把手放在他的头发上，没有规律地缠着他的发尾转圈，当作一种回答。

随后他又触摸了我的脸颊。

那是一个轻柔的动作。手掌贴在我的左脸上，大拇指还会轻轻地摩挲几下，在我的颧骨上方。我闭上了眼睛。这让我想起小的时候，妈妈也会这样抚摸脸颊，但会比他的力道更轻一些。尤其是我小时候不舍得入睡，总是躺在床上哭闹的时候，妈妈会先这样摸摸我的脸，然后再用拇指一遍遍触摸我的眉毛，缓慢地，一下一下地，很快我就会沉沉地睡去。

我很享受这种触碰。

我尤其喜欢他触摸我的肚子，不带性意味的那种。围绕着肚脐轻轻地打着圈，或是轻轻地由上至下，怎样都好，像是人类会对小猫小狗做的那样，只是充满爱意地抚摸着肚皮，这会让我感到很快乐。

　　《恋人絮语》中说："对于恋人来说，每一次接触都在提出需要应答的探寻——需要做出应答的是对方的皮肤。"

　　好喜欢这种说法，仿佛人类的每一寸皮肤都是沟通的触角，不需要额外的语言，也可以彼此理解爱意的流动。不只是性，不只是占有，不只是通过触摸想要标记什么，而只是接触，皮肤的感受在轻轻应答。

不只是性，
不只是占有，
不只是通过触摸
想要标记什么，

而只是接触，
皮肤的感受在轻轻应答。

生病的人

每次发烧我都会很开心。

不知道是不是潜意识总会想起小时候我妈常跟我说的那句话,"每发一次烧,你都会变得更聪明一些",导致我一直觉得体温升高也是一种礼物,是智商提升的某种仪式,我应该开心地迎接它。所以生病的时候哪怕烧得满脸发红,我也会笑嘻嘻的,整个人都很开心。

去年冬天,他第一次见我发烧。当时那波病毒大家都没躲过去,我嘴馋出门买了块蛋糕,回来就头昏昏的,骨头软软的,躺下睡了一觉,再醒来体温就超过 38 度了。可能是太久没生病了,这种感觉非常陌生,陌生到我觉得有一丝好笑。于是我就满脸通红地躺着,仰面朝上,闭着眼睛,想到自己正在发烧,无意识地保持着一种微笑的状态。

突然他拿着药推门进来,看到我的样子吓了一跳,以为我已经烧傻了，赶紧过来抱着我摇晃。这一晃我觉得更好笑了，甚至乐出了声儿，吓得他大声喊我名字，以为我被什么东西附了身。

我像是一个已经烧傻了的人，认真地向他解释，为什么感冒发烧这种生病之于我是一件快乐的事情。他很困惑地听着。我说我可以躺着，可以休息，还可以像妈妈小时候告诉我的那样"变聪明"，这都让我觉得高兴。他不太能理解，只是觉得我看起来实在不太正常，体温发烫，整个人如同一团笨拙的热气。

接下来的那两天，我始终笑嘻嘻的，保持着一种毫无必要的惯性。直到第四天，我的体温还没有完全降下去，吃了退烧药也还在反反复复，我终于笑不动了，烧得两眼发直，看待这个世界的眼神里多了很多疑惑。

这一天，他倒下了。和我第一天时的状态很像，他突然也烧到了38度多，躺在床上来回扭动。我能想象到他的骨头缝也都在痛，酸酸胀胀的痛，和这几天的我一样，只能通过这种扭动才能稍微缓解一点不适感。

此刻我们躺在一张床上，稍微伸伸手就可以触摸到对方，可闭上眼睛，仅凭声音判断，却又觉得我们之间无比遥远，如同两个在宇宙中飘浮着的星球。直到我费力地翻过身，试图去抱他，我们两个人才逐渐合为一体，像是一团巨大的蒸汽。

那一天过得可谓是相当糟糕，没有人是健康的，两个人都半死不活地躺着，卧室里没有一点生机。谁醒了就玩一会儿手机，累了就又睡过去。我们之间甚至没人说话，只剩下病毒在我们体内跳来跳去。

偶尔我会侧着头观察，发现他生病的时候和我太不一样了。他眉头紧紧皱着，眼睛也不睁开，也不说话，始终是一副痛苦的样子。我想逗他一下，可他眉头会皱得更紧。我问他哪里不舒服，也只是摇头。比起我在生病时莫名的快乐，他只有正常的痛苦，我们截然相反。

想起我们刚刚恋爱的时候，有一次，我问他，你觉得我哪里很特别？其实问出这句话的时候，我没抱什么期待，无非在每段恋爱的初期，大家都要走这样一个流程，把有着滤镜的爱描述给对方罢了。

他几乎没有思考，说觉得我非常乐观，是全天下最乐观的人。说完他的表情甚至有些骄傲，像是真的有这样一个排名一样。

我当时感觉有点奇怪，如果只是夸我乐观，那它当然是一种夸赞。可当它前面加上了一个如此夸张的形容时，总让人觉得带着一丝调侃的意味。我观察他的表情，发现他认真到甚至有些天真，丝毫没有拿这件事取笑我的意思。他见我没有回话，又补充了几句，类似于我总是笑得很开心啊，看事情的角度很快乐啊之类的，尽他所能地描述出了一个可爱的乐天派,直到我真的表现出相信。

我怎么会不相信呢?被爱的人当然深知自己在爱中的天赋了。

从很小的时候,我就意识到自己的快乐来得极其容易。我一直以为是因为自己生于盛夏,一年中最热烈的季节,所以每天醒来的时候都下意识觉得是晴天。七月,通常天气都很明媚,雷阵雨也只会在傍晚,而且转瞬即逝,就像我偶尔出现的坏心情。我总是在某个时刻剧烈地,快速地难过一下,然后就雨过天晴了,正如我出生的那个季节。

而他,看待世界的方式也和出生的季节有些相像。他是在春天出生的,一切都像是刚刚开始,万物试图破土重生,莽撞但又带着一点点冬季尚未彻底离去的悲观。春天是向着盛夏而去的,他也恰好最欣赏我炽热的那一面。这一切都再合理不过了。

如今再回想起那次生病,记忆就停在那一天了,甚至是停在了我们共同躺在床上的那一刻。我怀疑我在观察他的时候,慢慢就睡过去了,等再醒来的时候,可能各种身体上的症状都好了很多,接下来的所有记忆都不再被认定为与生病有关了。

我好像总是这样,发烧感冒的病症会在某一刻突然就好起来了,需要滞后几天才会意识到自己重新成了一个健康的人。而那几天的记忆就像是被抽了真空，大脑完全分不清那个时候的我属于哪个状态，于是就不再将其归类，轻轻地把它们丢掉了。

当我呼吸通畅，混乱的头痛消失，肌肉不再疲累，脚下的棉花变回硬实的地板时，我会感觉到更加快乐，甚至想要去大力庆祝生活重回正轨。怪不得妈妈小时候会告诉我，发烧会变聪明，实际上它更像是大脑重新回到正常运转的一种失而复得罢了。

再之后的一个记忆片段，就是病好后的某个傍晚了。我们两个戴着帽子，围着围巾，捂得严严实实出门散步。推开单元门，发现气温悄悄回升了，我们互相看了对方一眼，心领神会地都把围巾往下拉了拉。

这个冬天
终于
要过完了,

下一个春天
快要
来了呢。

衣柜的更迭

我有一条暗红色的吊带短裙，纯棉的，坑条的，被我反复洗得很懒很软，有几年一直当作睡裙来穿。今年突然就找不到了，翻遍衣柜怎么也找不到它，很是奇怪。

之所以对它印象很深，是我们刚在一起的那段时间我总是在家穿它。我脖子比较短，肩膀又很宽，很多领口款式穿在我身上都不好看，唯有它，我花几十块钱买的一件普普通通的小吊带裙，穿在身上却很和谐，居家时还有种淡淡的小性感。后来我们搬到一起了，平时也不用再刻意照顾这种氛围，大背心和大裤衩明显比这条裙子在家里更自在，它也就不知道被我丢到哪里去了。

记不清是不是在上次收拾换季衣服的时候，把它给丢掉了。按理说不应该，可我也有点拿不准，毕竟上回收拾衣柜的时候我俩拿出了前所未有的架势完成了一次断舍离，夸张到朋友来我家说，以为我俩要拆伙不过了。我很有可能误伤到了它，不然也不会怎么找都找不到。

说起那次断舍离，对于我们的关系来说也是个里程碑。

刚恋爱的时候，我的衣服很多都充满了"取悦性"，至少从我的角度来看是这样的。我有很多紧身的衣服，短短小小的，还有一些繁琐的裙子，都是我会在约会时才穿出去的衣服。某种意义上来说，它们都是有场景的，有功能性的，而非我真心所爱的。

我们搬到一起之后，他的衣服只有少少一点，两三条裤子，四五件T恤，外加两三件冬季外套，放进我的衣柜里连一个格子都没装满。起初衣柜像是一九分的组合，他占一，我占九，是谁的衣服一眼就能分清，拿取的时候完全不用动脑子。后来我在穿衣服上松弛了很多，陆陆续续买了很多松垮的衣服回来，衣柜里也就多了很多男友风的T恤和短裤，以至于拿衣服的时候，我俩得打开认真看一下属于谁。

再之后，我意识到似乎这个事儿可以变得更简单一些，那就是我再买大一点，反正是松松垮垮的风格，也不差再大这一号，然后我俩就可以换着穿了，不仅方便，花一样钱还能两个人穿，算下来每一件都是五折。

一旦开启这个思路，我们的衣柜就彻底变得模糊不清了，现在已经完全分不出某件衣服属于谁了。甚至有时候一件衣服我穿了一天脱下来，他又捡起来继续穿一天，恍惚以为我俩住回了大学宿舍。

这个时候衣柜就变得混乱了起来。曾经的漂亮小衣服们由于不常穿了，都压在下面或者挂在挂衣区那里，整个衣柜真正被使用的地方只有一个小角落，每天他拿完衣服我又去拿，洗完还都放回那里，大大地浪费了整个衣柜的储物资源。说来也奇怪，意识到这件事之后，我俩的第一反应居然是"那应该再多买点能混穿的衣服，这样更实用"。于是古怪的事情发生了，一段时间后，我们不再有真正属于各自的衣服，全都是松垮的，拖拖拉拉的大背心和大裤衩，整个衣柜再无体面可言。

真正让我们产生断舍离决心是因为一次朋友聚会。有人喊我们去一个挺高级的地方吃饭。穿着背心短裤人字拖实在是很不妥。我俩赶紧从衣柜的深处往外刨衣服，刨累了瘫坐在地上的时候我俩对视了一眼，明白日子可不能再这么过了。

那次的扔衣服大行动耗费了我俩一个周末的时间，光是思考到底要扔新买的这些松垮的快乐，还是过去那些体面的枷锁，就让我们为难了许久。最后我们决定不分先后，干脆把每件衣服拿出来进行一个投票表决，只要全都投了否定票，那就立刻放到一边，不能犹豫。最后我俩整整装了四大袋子衣服，我深度怀疑就是在这期间我俩杀红了眼，一不小心把那条吊带裙也给丢了。

这是我们衣柜的第一次重要改革。从两个完全独立的人，到一组彼此影响的恋人，衣柜和我们都算是踏出了重要一步。

再之后的两年，我们的生活发生了很大变化，曾经只在城市里晃荡的两个人突然决定走到户外了，衣柜似乎是最先知道的。一开始，我们只是买了两件迪卡侬的皮肤衣，薄薄的两件，完全不占地方。后来这个区域越来越大，冲锋衣、抓绒、羽绒内胆、羊毛内搭等等。我们的户外活动越来越多，衣柜也被全新的故事慢慢填充。

我们在这个过程中大吵过一次。户外区域的衣服增速最快的那段时间，我的抠门基因开始起效了，总觉得有些时候得过且过就行了，没必要啥啥都配齐，把他为了下一次徒步做的购物准备狠狠指责了一通。他立刻觉得委屈，开始反驳我，告诉我他买每样东西的意义是什么，关键时刻是如何救命的。争辩几轮之后，我也觉得自己有些没理，哭着软了下来。他见我在那儿流泪，也开始跟着流泪。每次都是这样，他的泪腺似乎和我的是通着的，最后这场吵架仍然是以抱头痛哭收场了。

打那之后，衣柜又变了一番模样。夏天速干的衣服成了我们的常客，冬天那几件抓绒衣被我俩反反复复穿。不过这回由于衣服的尺寸要刚刚好才更能发挥功能性，所以我俩又有了各自的尺码，之前混成一团的衣服又逐渐有了

有时候我在想,

衣柜会不会是
整个家里
最了解我们秘密的地方。

分界线。他的衣服在左侧,我的在右侧,数量上变得很接近,几乎五五分。

当然,衣柜的内部始终是动态平衡的,有时候会有一件走形的内衣被扔掉,有时候也会有一条新的瑜伽裤被放进来,但它总体上的规划没再有什么大变,一拉开柜门就知道,这两个人偏爱大自然比偏爱城市更多一些。较最初的时候来说,我们也仿佛进入了爱情的第三阶段。

有时候我在想啊,衣柜会不会是整个家里最了解我们秘密的地方呢。它不仅知道我们的关系是如何一步步亲密起来的,也知道我们是在用什么方式爱对方,更知道我们的生活下一步去向何处,它有它的晴雨表,甚至比我们都更清楚。

比如我们都曾短暂地爱上过某项运动,买了一点装备,可后来由于种种原因没再坚持,那些装备也逐渐压到底部,只有衣柜帮我们记得曾有那么一个瞬间发生过,颇为奇妙。再比如,我之前也没意识到我们曾经历过一个彼此混淆的时期,说不上是在爱中的迷失还是刻意模仿,有个阶段我们好像都把自己搞没了,留下的只是一段关系中的某一半,后来才慢慢又找回来,成为一种更坚固也更亲密的关系。

下一次衣柜的大型更迭会是在什么时候呢?关系的浪漫之处,似乎就在于它的未来无法被真正预料呢。

抽屉

因为抽屉关不严这件事，我们大吵过好几次。

同居一段时间之后，我经常在家里发现抽屉也好，柜门也好，总是留着一条缝儿。起初我以为他是故意的，就像是东西没拿完，为了给下次再拿东西省点力气，于是半半拉拉地推一下，马上再回来。后来我发现，他只是在拿完东西后轻轻使了一下力，抽屉也好，柜门也罢，到哪儿算哪儿，对严丝合缝这件事他没有半分追求。

按理说也不是什么大事，但我偏偏强迫症发作，每次看到这个场面都气不打一处来。这跟往我白鞋上踩一脚，往我白 T 恤上故意溅个油点子啥的差异不大，都会让我浑身难受。

最开始我们没有为这件事争吵，我只是提醒他，跟在他屁股后面像检测仪一样，每当他出现了没有关严的情况，我就会指出来，叫他认真关好。次数多了，我觉得厌烦，他也觉得崩溃，终于结结实实地吵了一次。

他说，他没办法控制这件事，有时就是会不小心忽略。

我说，一次两次可以说是不小心，但那么多次就是因为你心里不在乎。

他说，这件事情有那么值得在乎吗？

我说，值得，因为这件事就该是这样做的。

就这样车轱辘话来回地说，到最后连我自己都在想，我们到底是在吵什么，这个事情到底有没有那么重要，以至于让我们在一个周末的午后，放着好日子不过，坐在这里为了一条抽屉的缝儿大动干戈。

但当时我好委屈，我觉得这是一件再简单不过的事情了。打开抽屉，再关上，不管你过程中做了什么，让它恢复原貌就好了，花不了多少力气，为什么会做不到呢。而他也很委屈，他觉得生活中有那么多需要紧绷的时刻，偶尔的疏忽为什么成了如此大的错。

最后，我们两个人都进入了号啕大哭的状态，鼻涕眼泪一把一把的，跟前的纸团都摞成了一座小山。

冷静一些后，他向我道歉，他说他做得不对，但他确实偶尔会疏忽这些事情，之后可能还会这样，希望我能够给他更多宽容，不要对他太凶。我也顺着这句话软了下来，说我确实不该那么凶，我也要道歉，跟他说对不起。

随后我们抱在一起,但还在哭,像两个幼儿园小朋友一样,单纯地在拥抱和哭泣。

是不是很滑稽?

但这件事在我心里是个挺重要的时刻。我们在一起没多久就住在一起了,可即便如此,最初的一段时间我们都像是在表演,不敢把真正的自己完全暴露出来。

没有人是没有缺点的,或者说没有人可以和另一个人在生活上达到百分之百的同步,所有看待事物的差别,都是我们之间需要去磨合的部分。

老一辈的逻辑,永远是在这种摩擦中大事化小小事化了,可我偏偏不喜欢这种方式,总觉得那是一种故意的掩

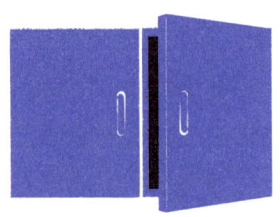

盖，把所有矛盾埋起来，它终究还是会生根发芽，而不是悄悄降解。与其这样，还不如在事情还小的时候便拿出来争论一番，哪怕看起来有点无理取闹，但只要两个人都足够尊重对方，足够坦诚，便会是一件很值得庆幸的事情。

在那之后，这件事也没有完全被解决。

他仍然会疏忽这件事，我也仍然会在意。有时候我在家里转一圈，看到那些没有关严的柜门和抽屉，甚至可以想象出他的整个动线，全都是他流动过的痕迹。但这已经不再会成为我崩溃的部分，可能是因为那一次我们把险些埋进土里的种子挖了出来，摆在台面上一起拆解了，它不再会让我们再度陷入难堪。

**没有人可以和另一个人
在生活上达到
百分之百的同步。**

云朵游戏

总有一些恋人之间的游戏是外人理解不了的。

比如我们时常会一起看云。一个人指出天上的云,另一个人猜它的形状像什么。云的形状会变,有时候会散开,有时又会和周边的云聚成新的样子,所以这场游戏总是玩不完,可以从午后一直玩到黄昏。云会变幻成很多样子,而我们两个人会一直抬着头傻乎乎地笑。

有一次他指着窗外的一大团云,问我它像什么。

那团云好大,大到夸张,说它是一座天上宫殿都不为过。我很少见到如此大团,又如此松软的云。如果它不幸掉落到地上,一定也会弹起来几下,然后分裂成很多颗柔软的小云朵,才能各自扭着屁股站起来跑开。但它始终在天上,看了一会儿,竟然感觉上面长出了两个人形来,好像天宫前面站着两个把门的,松软的云突然有了一丝威严。

我回答他,像天宫。

他说，你不觉得像一只巨大的小狗吗。随即他开始解说，哪里哪里是耳朵，哪里是鼻子，而哪里是它卷曲的小尾巴。本来我的脑海里没有这么一个小狗的形象，可他越说越清晰，最后完全成了一只小狗的样子，哦不对，巨大的天空小狗，蜷卧在那里。一旦脑子里有了这个形象，再之前的天宫也好，人形也罢，竟都消失了。

我指着另一侧很小的云朵问他，这个像什么。

他想了想，说像面包。这个答案实在太敷衍，因为面包有很多种形状，怎么靠到这个答案上来都不算难事，很难说是个好答案。我让他重想，换一个更具象的。他便改口说，像一团燃烧的火，还给我指出了哪里是火焰的尖尖。这一次我觉得倒还说得过去，虽然有点歪扭，但也看得出来。在我的视角看过去，那团云很像一颗桃子，还带着枝叶，尖尖的部分刚好云层薄了一些，有着渐变的色泽。

这场游戏通常会在卧室发生，我们躺在床上，甚至不用费力起身，便可以顺着窗户捕捉一片天空，把刚好停留在这个框里的云，拉来陪我们游戏。看天空太久，人的眼睛也会疲惫，有时我们玩着玩着就睡着了。

醒来发现我们是抱在一起睡着的，胳膊和身体胡乱搭在一起。谁能想到呢，这竟然成了我们云朵游戏结束时的常态。

05

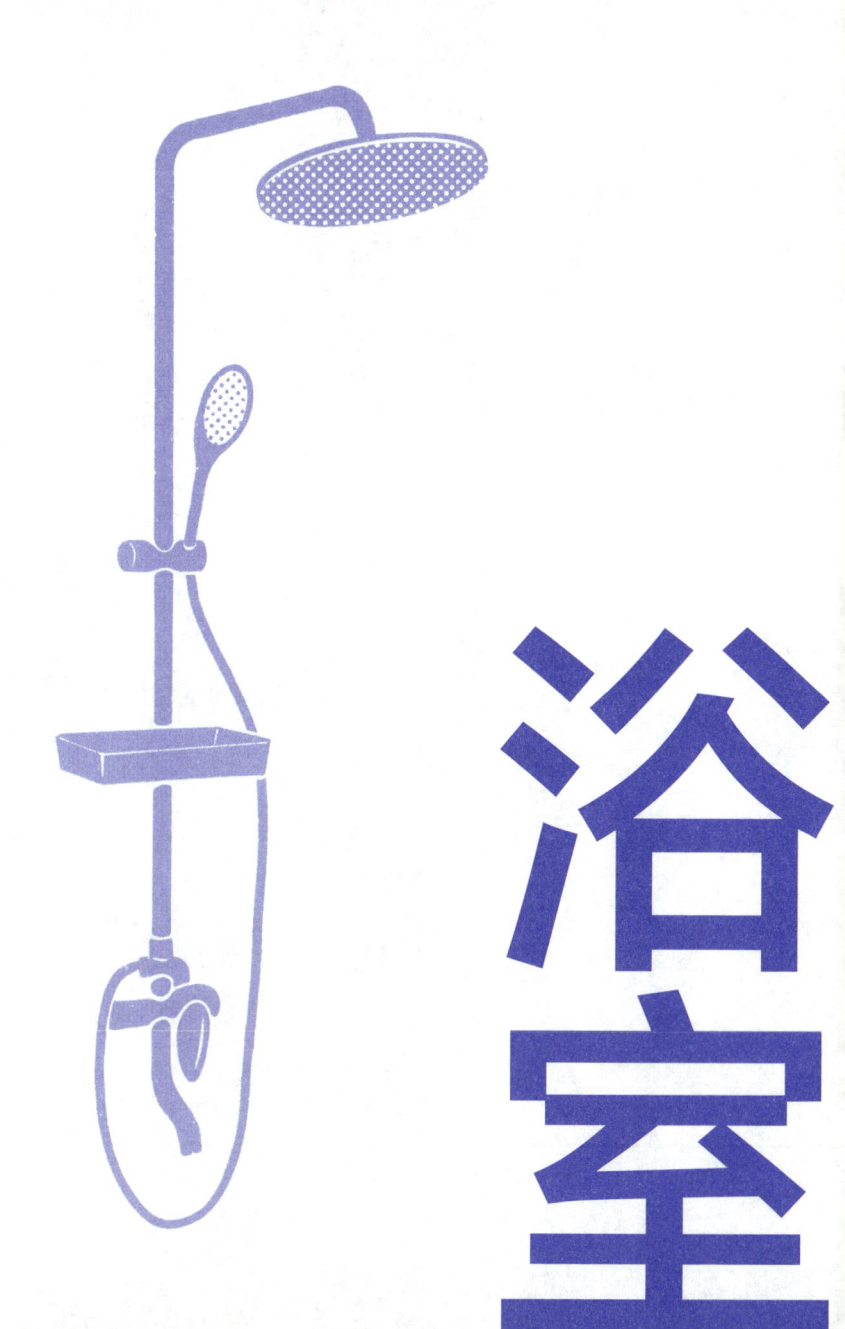

彼此涂抹泡沫
在对方的身体上
可以画出新的地图

通向这里
或者通向那里

狭小的空间
雾气是美妙的复读机
每句话都有了新的回音

一句"我爱你"
接着是下一句"我爱你"

马桶圈

一个人住的时候,马桶圈是整个家里最没有存在感的东西之一。不管什么时候,走进厕所,我都可以心安理得地坐下去,不用担心坐个空。

但同居之后,这件事情却成了一个问题。下一次上厕所的时候,马桶圈是抬起的还是落下的,并不是一个百分百确定的事情,它非常随机。既取决于上一次上厕所的是我还是他,还取决于上一次他上的是大还是小,有时候还取决于他有没有上完厕所又心血来潮给放下了,总之,马桶圈成了家里一个很有存在感的,且不确定的东西。

我们没有因为马桶圈是起还是落吵过架,但有一次我在网上刷到了一个讨论这件事的帖子,发给了他,我们也顺势开始研究起在一个家庭当中马桶圈的存在到底应该是怎样的。

他说,我可以坐下上厕所的。

我说，我不信你每次都能。

他说，十次有六次的话，我肯定是能做到的。

我说，可还有四次呢！

他说，我会努力每次都放下来的！

之后我们就达成了共识，他尽量坐着上厕所，如果有啥特殊情况，他上完厕所也会想着给放下来，省得我偶尔一屁股坐空。正当我们开心于又一件生活中的小事得以解决的时候，我又翻了翻那条帖子下面的评论，发现更多人在说冲厕所本来就应该把马桶盖也盖上，这样必然会放下马桶圈啊。看到这里我俩对视了一眼，共同感叹，生活的智慧我们还是学得太浅了。

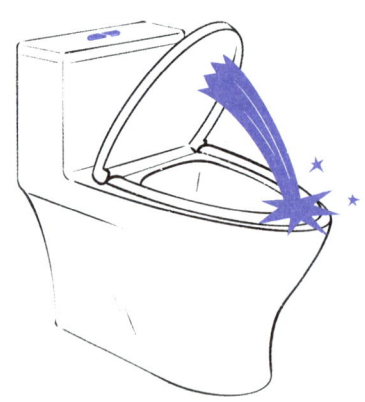

最亲近的人

水汽氤氲的浴室,按理说怎么想都很暧昧。

我们刚搬到那个小复式时,发现主卧的浴室很大,而且还有两个淋浴的喷头。问了房东,她说上一个租户是一对外国情侣,两个人很喜欢一起洗澡,当时他们提了要求说这么大的浴室能不能多装一个淋浴头,房东答应了,于是也就有了这么一个特别的设计,像是个家用小澡堂。

我俩住进去之后,起初还不太好意思共浴。总觉得那是一种极度暧昧的场面,滑溜溜的身体,热腾腾的水汽,让人浮想联翩。但有一回,我俩起晚了却又忙着出门,只能在同一时间洗澡,这才破了那份没来由的羞耻感。

本以为会挺害臊的,两个人赤裸裸站在一起,花洒一开,水汽一弥漫,什么都看不真切的时候,氛围感也就有了,各种情欲的小想法也会漫出来。可事实上,水一浇到头上,原本头发的造型也没了,头顶瘪瘪的,整张脸都显得宽了几分,突然就有了卡通人物般的可爱,像两只快乐的小奶猪。

除此之外还要当着对方的面认真清洗自己,这可不像电影里演的那么诱惑。别人拿手指尖顺着下巴摸到锁骨,甚至还要手捧沐浴露泡泡吹上几下。可到了现实里,抬起胳膊使劲搓搓腋下,扎着马步清洗私处等等,这些不咋体面的姿势很难避免。当两人都沉浸在把自己洗干净这件事时,第三方视角的共浴场面想必滑稽极了。

至今为止我俩也没有在浴室里做过那种事。每次稍微萌生出点什么想法,彼此抚摸起来,没摸两下就开始搓起了对方的身体,随后那方面的意识就逐渐放空了,开始专注于如何更好地把对方身上的泥搓下来,用食指和中指一起发力,在后背和大臂上横竖都搓搓,最后会由于不尽兴,甚至一人拿起一块搓澡巾,北方人的搓背精神觉醒,互相在对方身上大展手艺。忙活一通之后,两个人的皮肤都跟抛了光一样,又红又薄,至于本来想做的那档子事,早就烟消云散了。

住在这里的小两年,我俩几乎每天都一起洗澡。手机不会带进浴室,都赤裸裸的没什么遮掩,所以这里反而像我们的一个纯粹的小乐园,不受外界一点干扰。

说来也是邪门,有一次他在玩游戏,我就一个人先去洗澡了。手机没带,衣服也放在了外面,一个人进去锁了

浴室门,就哼着歌洗了起来。等我裹着毛巾准备出来的时候突然发现门打不开了,怎么扭动把手都不管用,吓得我赶紧大喊他来帮忙。

他从外面试了半天,锁就是纹丝不动,怎么也打不开。当时恰好是春节假期,而且已经是半夜两点多了,我俩犹豫到底能不能叫到开锁师傅上门。好在打了个电话,师傅说能来。三点半左右,我终于从浴室里出来了。

事后我俩就琢磨,如果当时我俩是一起进去洗的,恰好又像往常一样没带手机,那这一晚上可不好过了。浴室里面没有什么能帮我们开锁的东西,最后估计只能从里面暴力开门,也不保证一定就能撞开,这事越想越吓人,后来只得感叹一切都是上天最好的安排了。

我们总在一起洗澡的时候聊天。

不知道是不是北方人天生就带着在澡堂子里必然要坦诚相见的基因,所以一旦赤裸裸地站在彼此面前时,过了情欲盎然那个阶段,就会爱上在这个时刻袒露内心。

刚领完结婚证的那段时间,有一天我们照常一起洗澡,突然聊到了此刻从法律意义上来讲,我们已经成了彼此最亲近的人。当时我正好在洗头,刚刚搓上洗发水,满脑袋的泡沫还在往下流,意识到这件事的时候我猛地瞪大了眼睛,感觉很不可思议,但很快就被泡沫辣到了眼睛,不得不乖乖闭上,又继续洗了起来。

我一直在思考。

实话说,当我意识到这个问题的答案时,着实吓了我一跳。可能在我的意识里,我们的关系还没有从恋人升级,从时间维度上来说,我们无非是从前一天到了后一天,从前一段时间进入了后一段时间,并没有什么标志性的大时刻告诉我从此刻起,你们两个人就真的坐进了一条船,要在各种风浪中生死相依了。对于这个答案,我只觉得突然。

洗完澡后,我们躺在床上,又再度聊起了这个话题。

我总是在反复。一方面我觉得之前将近三十年的人生当中,这个人都没有存在过,因为一张结婚证我们就超越了所有其他的关系,成为最亲近的人,这件事颇为鲁莽。

可另一方面我也很清楚，从我们相爱开始，之后会有很长一段人生我们都会陪伴彼此。如果将一段关系比喻为一个房间，相处得最久的那个房间里有且只有我们。

那天晚上我做梦都是我们手拉着手在草地上躺着，眼前的天空一直在变，一个黑夜接着一个白天，反反复复地在我眼前走着，一个夕阳接着一个朝阳，时间如同陀螺般转动，我们很快就过完了一生。梦里我撇过头去看他，他的脸在快速衰老，皱纹一层层地长出来，转瞬就从一个少年变成了一个慈祥的老头子，但始终躺在我身边。我们的手始终没有松开过，也没有人刻意在用力。

之后有过很多次，我试图去回忆是在哪一刻我们之间的关系变得不一样了，脑子里总会浮现出我眯着眼睛，满头泡沫站在浴室里的样子。那不是我们第一次赤身裸体地站在彼此面前，但很奇妙，从那一刻起，爱将颠倒因果，我们接受了彼此为生命中最亲近的人，而验证它的将是缓慢流逝的时间。

时间可以从我们手的间隙中穿过，但不会将我们分离。

吹头发

不知道是不是小时候偶像剧看多了，我对"男朋友帮我吹头发"这个场面始终充满了向往。

我已经想不起在哪个影视作品里看到过这个画面了，甚至也记不起到底是在影视剧还是小说里见过这个情节，有关这件事的参考模板可谓一团混乱，但我对此的确有种夸张的执念。

因为这个事儿我既向往，却又不敢把它摆到明面上，不希望它变成一种请求。在我心中，它一定要是顺理成章发生的，最好是由对方提起的。我先是表现出不那么情愿，随后再表示配合，穿过我的黑发的他的手，吹风机在耳畔轰轰响起，对话在此刻丧失意义，只剩下他轻抚我的头发，而发丝在风中不规则地翻飞，整个场面随性又浪漫，不能留下任何一点儿是被我设计过的痕迹。

如此的机会实在是不可多得。

两年前的国庆假期,我们计划好去郊区玩。当时我们定了一间民宿,洗漱用品带得格外精简,想着到时候有啥用啥,不想在这方面做太多功课。十月初的郊区昼夜温差很大,日落后,能够感觉整个房间在慢慢冷下去,我从晚上七点开始鼓起勇气洗澡,结果鼓到了九点还没从被窝里出来。最后还是他逼着我出了被窝,我这脚一伸进拖鞋,顺势就打了个哆嗦,感觉等会儿洗完头发,恨不得发梢都能带着冰碴子回来。

好在浴室有个浴霸,四个大灯照着我,让我忘却了刚刚的凉意。可从浴室走出来的时候,刚刚那种冷又卷土重来,甚至变得更为夸张。我裹着毛巾狠狠哆嗦了一下。

这个时候他走了过来,提议说帮我吹头发,这样头发干得快一些,我们也能早点睡。

天,我的梦想时刻要发生了。

我火速开始按照脑子里过了千万遍的剧本来演,先说不用不用,随后又答应,等待着他拿着吹风机开始帮我吹头发的场面,我那浪漫的偶像剧般的执念啊,它可终于要成真了。

当时民宿里有一个老旧的吹风机,不是很好用,风只有两挡,一挡巨冷一挡巨烫。我们也没得选,只能调到热的那里,对着我的脑袋就开始了操作。实话讲,那一刻我的梦幻时刻是有些许破灭的,因为这吹风机吹得我头皮很痛，哪怕我能感受到他在努力控制，让这风从稍微远一点的位置吹过来，可它仍然很烫，烤着我那脆弱的头皮。我被迫摇头晃脑，想躲开吹风机的袭击。可他并不知情，以为我是在调皮，于是又拉着我往回一点。此刻我很崩溃，试图说几句话挽救一下局面，却发现风声太大了，将我的声音盖得严严实实，最后我跳起来强行终结了这次操作，可谓是和我想象中的画面大相径庭。

吹风机停下来后，房间变得无比安静，随后我们两个都开始爆笑，那一刻可能不只是我一个人的浪漫梦碎了。

我们开始沟通这件事，比如要不要继续，如果继续的话我们将会面临哪些问题等等。我完全没想到这件事最后会用如此理性的方式来完成，充满了商量，也充满了对现实世界的妥协。最后呢，我们还是以一种强行合作的方式吹完了头发，也算是把我这儿时一梦给圆上了。过程中我抽空腾出手拍了一段视频，恨不得穿越回多年前放给自己看，瞧瞧吧孩子，这才是现实的爱情世界。

迄今为止，那是他唯一一次给我吹头发，而在我心里，这事确实也不必再来一次了。每每回想那一次，我都觉得很好笑。

镜子里的我眼睛被风吹得只能半眯着，整张脸皱巴着，嘴撇向两侧，根本没有偶像女主的美好。四处飞的发丝更像是在发疯，触角般地四处张着，仿佛在说"救救我救救我""让我自己干掉吧"之类的话，场面混乱不堪。

至于感受层面上，虽然我能体会到他的爱和细心，但这事儿就好比挠痒痒，别人再配合也终究无法每时每刻挠到你心坎儿里，总是有着点时差的。吹头发这事儿，又不比挠痒痒，时间积累的结果就是烫头皮，多一秒就能疼得人吱哇起来。要是有个好的吹风机问题倒也不大，可我们那次偏偏没那么好运气，所以这事儿也在我们心中留下了一个小阴影，哪怕凭借爱和细心也没有多少顺利。

我这个爱情中的小执念也就到此为止了。

我之前认为在一段亲密关系当中，所有的经历都会是加法，是在时间轴上被逐渐创造出来的一条轨道。可经历这件事后，我才意识到可能坐标系中还有一条虚线，那是我们幻想中的轨道，幻想会发生什么，幻想会经历什么，不一定真的会发生，但它始终存在着。

当这条虚线和实线重合的时候，幻想中的这件事就消失了，减少了，不再是脑内世界里的一样东西。它开始变得实际，变得不再有幻想空间，如同落在纸面上的一首诗，或是一幅画，成了一种看得见摸得着的东西，也就少了想象的余地。脑内的想象在做减法，也是我们逐渐在对爱情祛魅的过程。

哎呀，不知道这样说会不会很拗口，但我想应该有人会懂吧。

06

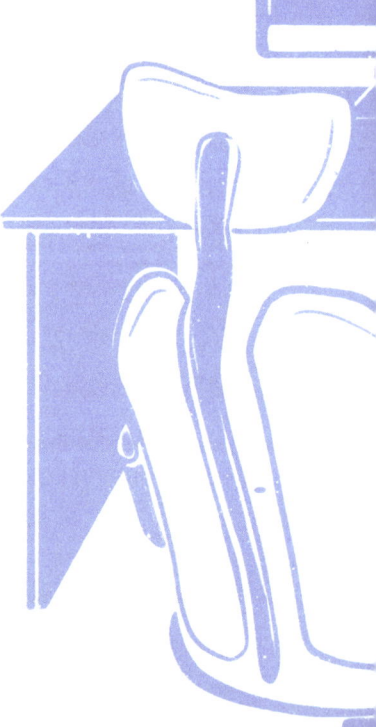

在爱中走失的人
通常会成为作家
最无关紧要的过去
也可以被说成诗篇

谁和谁争执
谁和谁分开
谁和谁互相窥视
谁和谁重新开始

阅读的时刻
将人类的爱并联在一起
笑了 或是哭了
悲欢却从未真正相通

书架

第一次去他家的时候,我偷偷看了他的书架。

这种奇妙的感觉就像是你钻进了一个人的灵魂里,专门切了一块下来,可以蹲在角落里细细品尝一样。我当时看着他买的书,他的选书品味,以及他阅读之后留下的痕迹,蛮矫情地讲,这些都让我理解了,他是如何成为他的。

当时,我在他的书架前站了很久。他走过来,以为我是在研究什么了不起的东西,自然而然地开始和我交换他在读书上的喜恶。其实我当时听得不是很认真,眼睛一直往书架上瞟,发现他很喜欢买书的时候把一整个系列都买回来,而且大多连塑封皮都还没拆开,完全没有阅读过的痕迹,心里便对他多了一层认识。

一个爱买系列书的人,大体上也更注重仪式感。很有可能在这个系列里,他只想读其中一本,但也要把整个系列抱回来。更有甚者可能一本都不想看，只是遵循完整即正义，就让这些书通通住进了自己的书架。当我看到博尔赫斯全集和里尔克诗全集码在那里占了一整排的时候，他赶紧过来用身体挡了一下书架，表情上有点难为情，那一刻我共情了一下，这跟有人钻到我的脑子里，把每一个大脑抽屉都拉出来翻翻看几乎无异，换谁都会难为情。

这个时代大家已经不再热爱纸质书了，这很可惜。因为那本该是将我们灵魂的一部分，轻轻陈列在房间中的方式。少了这个环节，走进对方房间的意义也就变得无趣起来，点燃一根蜡烛，便只剩下摇曳的烛火与欲望。

朋友曾跟我说，她本来只是对一个男孩有好感，后来去了他家，站在他巨大的书柜前，突然这份好感就变得无比强烈，连她自己都感到恐慌。她发现他们两个人的书重合度极其高，甚至一些小众而老旧的书，需要专门从二手市场翻找的那种，他居然和自己也有同款。抽出来其中一本，翻开，发现他也有用铅笔画线做笔记的习惯。随后，她往《爱欲之死》那本书里夹了一张便笺，写了一句"希望有空可以和你一起重塑爱欲"，又悄悄塞了回去。

这段关系早就是过去式了。但不管过多久，她向我讲起那个时刻还是会激动。她说起初以为爱上了另一个自己，如同过山车爬坡时的感觉，紧张又期待，心跳速度陡然上升，对接下来发生的所有事情都充满期待。可之后,极大的落差让她刺激又难受,心脏如同有只小手在挠痒痒。她本以为在那个男孩的书柜上捕获的是他的全部灵魂了,可后来才知道那只是一个很小的角落,或许他们之间适合很多种关系,却唯独相爱这件事放在他们身上无比糟糕。

所以当我站在他书柜前的时候,我并没有为我们之间的不同而紧张。甚至想象我们是在背对背看世界,眼前所见的东西完全不同,可我们的身后始终紧贴着彼此。

有一次,他从书架上取下了卡尔维诺的《帕洛马尔》,跟我讲起了为什么他喜欢这个名字。他说大学的时候读到这本书,书里面写到主人公的名字来自帕洛马尔山,加利福尼亚著名的天文观测台,有着曾经世界上最大的天文望远镜。卡尔维诺将创造出的人物起名帕洛马尔,也是希望记录"一个人在宇宙的全景中看到日常生活中的那些最小的事情"。

随后我们平躺在床上,我请求他为我读书,像哄孩童睡觉那样读这本书。他照做了,从第一章——帕洛马尔在海滨读起,读起《阅读海浪》那一篇。起初他有点不好意思,字字句句都很怯懦。后来逐渐适应,变得自如起来,很多瞬间我觉得他已经笃信自己就是帕洛马尔先生了,就像大学时第一次读到那样,觉得这个虚拟的人便是他。他读累了,我接过了这本书,拿到手里翻了翻。我发现这本书很有意思的是,作者把帕洛马尔这个人物安置到了不同的空间里,并幻想出了那个时刻他会有的观察。

那一刻我获得了很多灵感。我也想像卡尔维诺一样,记录下在不同空间下的我们。就像这本书一样,我们在卧室中,我们在客厅里,我们在某个具体的空间中,有着我们的情感和事物、时间的交流。多么的浪漫。

我未曾奢求过爱人能为我带来什么,但他如同我的灵感缪斯一样,总是会给予我特别的感受。我甚至无法把爱和需要完全剥离开,分不清对他的哪一种感情更为强烈。

此刻我们缠绕在一起,书没有再读下去,我们仿佛走入了帕洛马尔的假日里,进入了那暧昧的海滨:

"这次他把视线投射到自己前面的景物上,不多不少仅仅看到海边的浪花,拉上海滩的船只,铺在沙滩上的大浴巾、一个有浅色皮肤和深色乳晕的隆起的月亮,弯弯曲曲的海岸以及灰色的雾气和天空。"

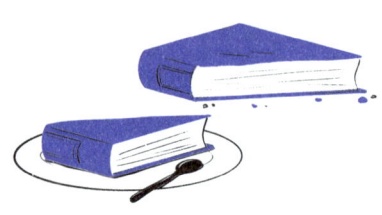

爱的细节

刚恋爱的时候,有一天早上他站在镜子前,很仔细地在看自己。看了一会儿之后,从卫生间里走出来,沮丧地跟我说,他今天长得不好看。

我大受震撼。

以前交往过的男性中,从没有人向我袒露过这种感受。他们通常都觉得自己样貌很好,每一天都很好,甚至每一天还能夸出不同的好,在样貌上示弱是绝不可能的事。我最初觉得他们爱自己爱得太过盲目,后来发现自恋只是其中一方面,另一方面是他们感知能力很钝,并不能感知到一些细微的变化,比如眼睛肿了,皮肤粗糙了,嘴唇干裂了等等,他们很难快速发现,除非牵动了痛觉,才有可能意识到,哦,这里好像有了一些问题。

大约是我已不对男性的敏感抱有什么期待,所以当他跟我说,他意识到自己今天不好看,并且可以认真地和我分享他哪里发生了变化时，我非常惊讶，或者说是惊喜，为自己遇到了一个有敏锐感知能力的爱人而欣喜若狂。

从那之后，我们之间有了一种更微妙的交流，是完全细碎无用的，但浪漫的。

我们会分别讲述此刻的晚霞。每个人对于颜色的感知是不同的，对于时间的流逝感受也不完全一致，我们可以平静地坐在那里，各自说着感受，并非为了取悦对方。

我们会在每个早晨重新描述对方的样貌。我以前还以为只有我自己能够感知到每一天的自己样貌是不一样的，别人是看不出的。事实上，他向我证明了不是别人看不到，只是别人不在乎，也从未花心思记住过前一天的我是什么样的，自然也感知不到今天与昨天有什么不同。

恋人之间常玩的那个游戏"看看我今天有什么不一样"，在我们两个身上也变得更为有趣了。

我喜欢在化完妆后站到他面前，问他有没有什么不一样。通常他会认真地看我的脸，有时会左右晃晃头，为了看得更仔细。我很享受被他观察的样子，那一刻我能够感受到他在脑子里翻找我前一天的样子，把我当作一件作品一点点比对，哪怕不停地刷新，我始终是被他记住的。

那天因为要出门参加一个活动，我特地花了一点心思，在下睫毛那里涂了一点亮片眼影，很细微，只有在光线下轻轻晃动的时候，那里才会闪一下。

我照常问他，有没有发现什么不同。

他说，亮晶晶的。

我继续追问，哪里亮晶晶的？眼皮上面吗？

他摇头，说是眼睛下面那里亮晶晶的。

我很开心，得意扬扬地问他还有没有别的发现。

他左右晃了下头，反复确认之后摇了摇头。

每一次，几乎是每一次，他都能够给出正确答案。如果你问我被爱是什么感受，那我一定会举例这个时刻，他能够记得每一个昨天和今天，我的样子。我完整的样子。

反观他给我出的题就不会如此拘泥于"自我"。那天我们收到了一些朋友寄来的礼物，他比我起得早，便帮我把快递拆开了。等我醒来的时候，他说书房多了一份惊喜，让我猜猜看是什么。

我满怀期待地开始这个游戏，但没想到刚刚走到门口就已经猜到了。书房换了一种味道，像是隔着雾气的那种青草香。顺着气味，我一下子就发现了书桌上面挂着一个香包，绒绒胖胖的样子，十分可爱。

一个家也好，一个人也好，时时刻刻都在发生多少变化呢，简直密得惊人。如果想要发现那些细节，敏感的确是天赋，但也需要爱和耐心，才能够记得。恋人间常玩的这个游戏，无非是一种随堂小测试，验明对方有没有为自己花心思。谁不痴迷于爱的细节呢，谁都痴迷。

宇航员时间

前段时间在网上看到一个新的概念,叫作"宇航员时间"。一个人说这是他和妻子的"发明",在"宇航员时间"里,他们会假装成两个戴着大头盔的宇航员,只能偶尔互相看到对方,但忙于各自的事情,不通信也不互相接触,直到这个时间结束。这个发明帮到了他们很多,他们因此有了不受干扰、不必担心任何人际互动的自我时间。

这让我想起几年前和朋友的一通电话。当时他向我讲起什么是他理想中的爱情:两个人在同一个房间内,却有着各自正在做的事情,偶尔会抬起头看彼此一眼,但不会起身去拥抱对方,直到手头上的事情做完,再重新进入爱情。

我听到"重新进入爱情"这几个字的时候,心都猛地跳了一下。这个说法也太浪漫了,像是人的爱意突然有了开关，可以去随心控制，相爱的两个人都默许它存在，并且会很有默契地在同一时间按下开关，共同离开爱情，再共同进入爱情，反反复复，自如地完成"自我"与"我们"之间的切换。

那个时候我还没有体会过这种感受，完全想象不到这会是什么感觉。恋人之间可以如此默契吗？相爱的人可以短暂抽离吗？光是想象这种状态我就在脑中有很多困惑了。大概是因为我所有的恋爱体验，从我的视角都没有真正走出过热恋期。我总在拼命地追逐着一种安定感，对方没有给予过我的时候，我始终无法坦然地"离开爱情"，所以自然无法"重新进入爱情"了。

大概在我们恋爱的第二年，我的半只脚终于踏出了热恋期，不再急于每时每刻从对方身上确认爱的存在。在一个房间里的时候，我可以安下心来做自己的事情。不在一个空间的时候，我们也可以保持简单的联络，像有一根透明鱼线连接着我们，不会再担心弄丢对方。再之后，那根鱼线似乎也解下来了，完全不需要时刻连接着，我们仍然很踏实，知道不久之后我们还是会"重新进入爱情"。

所谓的"宇航员时间"，真正难做到的并非是不干扰对方，而是真正进入那个你们彼此确信的宇宙。在那个宇宙里，爱是介质，你可以肆意飘浮着，在任何时刻戴上头盔准备做你自己的事情，永远不会担心自己会掉下来。

07

急切的人
衣服上总有着污渍
胸前的油点
领口的粉底

匆忙是无声的
却总会留下痕迹

粗心的人
生命里尽是离别的时刻
丢失的照片
消失的背影

不常打开的房间
藏着最多秘密

被遗忘的拍立得

搬家的时候,我们发现一张重要的拍立得照片丢了。当我们意识到这件事的时候,简直吓出了一身冷汗。

那是在我 26 岁的最后一天,他帮我拍的一张裸照。照片里我赤裸着上半身,双手叉腰,轻轻吸着小腹,挺着胸脯,自信地对着镜头大笑。我很喜欢这张照片,还在拍立得的右下角写上了一句"26 岁再见"。本来想把它贴在照片墙上,可我又怕之后家里来人会看到,所以一直偷偷把它藏在照片墙的另一张照片下面,从没有人发现过它的存在。

好几年过去了,其实连我都忘记了它。要不是因为这次搬家,我们挨张把墙上的照片摘下来,收进袋子里,在即将搬走的时候又检查了一遍,或许这张照片的存在我永远都想不起来了。当时我问他,还有没有没放进来的照片。他数了数,突然像被什么东西击中一样,紧张地问我，那张照片去哪儿了。我一下子还没反应过来，问了两遍是哪张照片，没等他回答，我也突然想起来了，鸡皮疙瘩也跟着一起立起来了，没错，它丢了。

它居然不见了。

可它又能去哪儿呢？这个家里不可能有第三个人知道它的存在。在26岁的最后一个晚上，只有我们两个人知道有这么一张照片。从那天之后，那张照片就一直隐身于我家猫的照片下面，没有人知道在一张猫咪的背后，藏着我们两个人的小秘密。如今它不见了，可它又能去哪儿呢？

我俩翻箱倒柜，开始一通找，把所有可能塞下一张照片的地方都翻了一遍，可它哪里都不在。

我们又把那些收好的照片重新倒了出来，每一张都用力捻了一下，生怕这张照片和其他的粘住了，逃过了我们的眼睛。可是都捻了一遍之后那张照片也没出现。尤其是那张小猫照片，我俩来回捻了好几次，可什么都没有出现，还把照片上之前写的一个日期搓掉了半拉。

太奇怪了，它去哪儿了呢？

我俩一边在家里打转一边嘴里念叨。这件事情的古怪之处就在于，在我们收拾照片墙之前，不可能有人拿走过它。谁会那么无聊去别人家里，趁别人不注意，掀开一张小猫的照片，然后偷走下面的裸照呢。这得是多么厉害的透视眼，才可以快速精准地发现这个秘密呢。没有可能的。

我们两个人坐在沙发上，甚至开始盘算有哪些犯罪嫌疑人可能做到这一点，但思前想后，一个真正可能的实施者都没有。

冷静了一会儿，我们换了一个思考的方向。就是，有没有可能从来没有过这么 张照片呢？我提出这个假设后，他也愣了一下。很奇怪，由于它的消失，我们两个人对于这件事是否真实存在过都开始犹豫了。毕竟猫咪照片在那里，下面没有我的裸照，也没有人去动过它，那有没有一种可能就是，它从未出现过呢。

想到这里的时候，我们开始模拟好几年前的那个晚上。

那天我们打开了刚买不久的拍立得，我说让他给我拍张照片。他拍了吗？好像拍了。拍的是什么呢？他有点犹豫，他记得是那张裸照，但如果仔细追问，好像也有可能没拍。我也含糊，那个时候我们刚刚恋爱也才一个多月，我有可能让他帮我拍这么一张照片吗？我好像也没那么坦然。可我又清晰地记得，那张照片上我的样子，以及我用笔在右下角写的那句"26岁再见"。

这件事情就卡住了。好像哪种可能性都存在，记忆不再是唯一性的了。我们在沙发上犯了难，互相看了对方一眼,感觉更不真实了。所以到底是哪里出了问题呢?本来应该继续收拾东西的我们就一直在沙发上坐了两个小时,翻来覆去地思考这张照片的存在的真实性,或是它丢失的方式,找不到答案。

突然我的手机闹钟响了,很大声,叮叮叮的。

它是一个我之前设错的闹钟。我本该把它彻底取消掉的,可不知道为什么我没这么做,仍然每天准时按掉它,莫名其妙地赋予了它一个意义。它在这个时刻响起显得颇为讽刺。会不会那张照片也是我强行赋予的一个意义呢?它不见了。我们也不得而知了。

饰品

在所有饰品中，耳环和戒指曾是我最在意的东西。

过去不知从哪里听到的荒谬说法，说这辈子如果扎了耳洞，那下辈子还会继续当女人。十几岁的时候我一直对这个说法信以为真，导致我很认真地思考过一段时间，我到底愿不愿意下辈子继续当个女人。我当时就想啊，一旦我有了耳洞，我来生的很多可能性就被剥夺了，我失去了当小猫或者当小狗的权利，我只能当人，而且还是女人，区区一个耳洞就让我丧失了那么多新的机会，到底值不值得呢。如今想来真的很可笑，别人扎耳洞都是怕痛或者怕发炎，只有我犹豫了很多年，犹豫的原因竟是在为莫须有的下辈子而操心。

我对戒指的在意，倒是没有这么离谱，但也好不到哪里去。同样是在十几岁的时候看过一个图片，说人的每根手指戴戒指都是有讲究的，千万不能戴错，否则就算遇到对的人也有可能错失爱情。我被这些歪理邪说唬得一愣一愣的，不仅每个手指头都研究了一遍，连左手右手分别是什么寓意也记得特别清楚，那时候我对戴戒指这件事相当谨慎，生怕爱情来的时候，我会一时大意。

好在这些奇怪的念头在我20岁出头的时候就全都消失了。即便如此，它们还是在我脑子里留下了一些影子，虚虚地挂着，含糊地存在着，让我隐隐觉得这两样饰品的存在仍然比其他的那些更为重要。

所以当我们决定结婚之后的第一件事，我就催着他挑起了婚戒。说不出到底是脑子里那模模糊糊的执念在引导着我做这件事，还是消费主义的陷阱早已挖好就等我往里跳，总之那段时间我们一直在看戒指，想在独特和性价比之间挑出一个最优解。

有次我们逛商场的时候，刚好看到了一对戒指。它们表面看起来很像一对素圈，没什么浮夸的工艺，但细节藏在里面，尤其女士那只，贴着皮肤的那一侧藏了一颗小小的碎钻，像是自己偷偷藏起来的，很是别致。

我打算试试，可量了一下手指的围度发现很尴尬，似乎我连女士的最大号也戴不进去。本来我的手指就短短的粗粗的，恰逢那段时间我又胖了一些，再加上指节周围还因为运动而长了一层茧子，两只手就像裹在一起的几根短香肠，看起来甚至有些滑稽。

当时售货员很委婉地告诉我，可以重新定制一个尺寸，就是要等久一点，或者也可以两个人都戴男款的那只，也不难看。但这两种方案在我听来都有些冒犯，所以那天我们什么也没买，我拉着他赶紧回家，并且火速开始制订减肥计划，就为了能早日戴上喜欢的戒指。之后那段时间真的很夸张，连我自己也分不出来是为了争口气还是真的太想戴上那枚戒指了，总之将近两个月，又节制饮食又疯狂运动，瘦掉了十几斤。再进入那家店的时候，我们两个人大摇大摆地又走到了那对戒指前，这次试戴的过程顺利很多，当天我们就把它们买回了家，终于如愿以偿。

之后的小半年时间，我们每天都戴着它，一旦有朋友注意到我们身上多了它的存在，我立刻就会滔滔不绝地讲起挑选到这对戒指有多么不容易。

那段时间我好像把小时候所有对于戒指积攒的执念都消耗掉了。终于都消耗掉了。

有一天早上起来，我们平躺在床上，交换了一下近期的戒指心得。

—— 你觉不觉得戴着它有点妨碍运动？

—— 觉得了。我每次去攀岩的时候，都要特地把它摘下来放好，挺麻烦的。

—— 是，我去健身房的时候也是。

—— 你说，会不会有一天我因为攀岩长茧子，手指头粗到彻底戴不上它啊?

— 有可能啊，或者我们又变胖了，像第一次试戴它时那样。

— 对，也有可能我们会摘不下来，也很吓人。

— 昨天晚上你睡觉的时候一翻身，戒指打到我了，还蛮痛的。

— 啊？我完全没注意欸。

— 你说，有没有可能我们短暂地先不戴一段时间戒指啊？

— 有道理，我们这段时间先摘了吧，以后可以做成项链挂在脖子上。

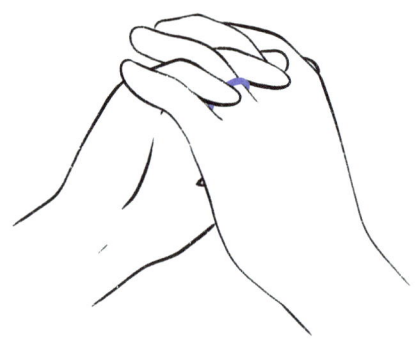

——好啊。

这对戒指至今都好好地放在床头柜里,我们再没有戴回来。

不知道是不是已经过了要靠纪念符号来确保我们关系的那个阶段了。那天之后,一切反而轻松许多。

睡觉的时候,虽然我偶尔还是会因为鲁莽的翻身而打到他,但没了戒指,也没那么痛了。甚至因为摘掉了戒指,我们入睡前平躺着的时候也会拉着手,缓缓入睡,哪怕十指交叉也不硌了呢。

**你瞧,
很多物品存在的使命
都是阶段性的,
而那些古板而荒谬的说法
在爱中也从未奏效。**

08

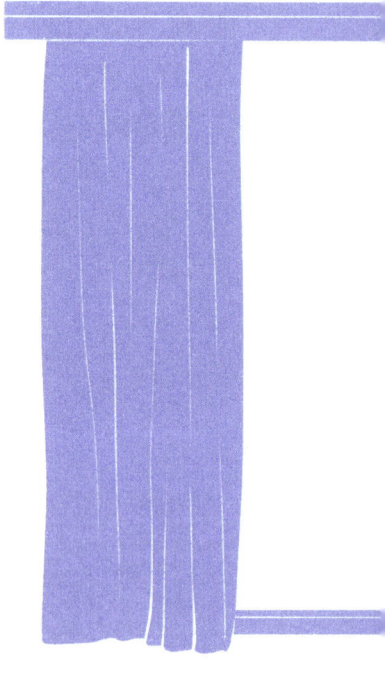

小猫会感知到阳光
从早晨到傍晚
在地面上变换形状

小狗会感知人类气味
浓度逐渐散去
最爱的人便会回家

时间并非在以我们理解的方式
流逝
不是一分一秒
不是一朝一夕

时间是酥脆的固体
要和所爱之人一起慢慢削去

放对位置的爱

家里那盆半死不活的植物，突然长出了新叶子，我们都很意外。

本来它被放在沙发边上，放得有些靠里，每天和阳光接触的时间很短，半年的时间我们看着它一点点低下头去，却始终不知道如何救它。买回来的时候，卖家特地叮嘱我们，别让它接触太多阳光，它是喜阴的植物，给它适当的爱就好了，千万别照顾得太多。我们把这句话记在心里，甚至没去查查它到底需要什么样的照顾，总之就信了，哪怕看到它日渐垂下的叶子也没起疑，总是心中默念"适当的爱就好了"。

直到我们买了一个新的转角柜，塞进了沙发旁的角落里，不得不把这盆植物挪出来，它在暂时摆放的地方突然抬起了头，几天的时间就发出了新的叶子，着实把我们吓了一跳。

啊，原来给它的爱是错的呀。

虽说对一棵植物感到抱歉是格外奇怪的事情，但那一刻在我心里真挚地跟它讲了一句"对不起"。的确，从头到尾我们都没有认真地探究过它究竟需要什么样的照顾，到底是喜阴还是喜阳，到底需要多久一次浇水的频率，我们都没去查过。只是因为最初卖家的一句叮嘱，我们就彻底相信了，如今想来真是荒诞。

接下来的几天，我常坐在沙发上看着它的新叶子，带着一点点忏悔。我们到底有没有真心照顾它呢？似乎也没有刻意去疏忽。卖家叮嘱的事情我们有认真去做，错就错在没有去质疑卖家的权威，也丧失了刨根问底的好奇心。

我们好像一对糟糕的父母，把爱放置在了错的地方。也像粗俗无趣的恋人，完全不顾对方的需求，只是盲目地给予自己所认为的好。

给它适当的爱就好了，千万别照顾得太多。

洗衣机

几年前,我拍到了一张喜欢的照片。

照片里是家里刚满两个月的小猫,充满好奇心地站在洗衣机前。她扒着圆形的小窗户往里看,看到一切在翻滚,格外痴迷,小尾巴微微翘起来,定在那里看了许久。

那个画面非常可爱,她盯着洗衣机,我盯着她,仿佛我们都在思考所观察的事物到底是怎么运转的。于是我想象着小猫内心的世界写了一条微博:

"这个宇宙转来转去,星星与海浪搅在一起,把水花都搞得亮晶晶。我站起来看,趴在宇宙身上看,它只发出轰隆隆的声音,再还给我一个倒影。"

从那时起,洗衣机在我心中不再是枯燥的清洗工具和普通的电器,因为一只小猫的观察,它莫名地带上了一丝神性,仿佛它可以创造星星与海浪,也可以靠近宇宙。

我甚至开始思考它之于我们生活的意义到底在哪里。

洗衣机洗掉的不仅是污渍和灰尘,也洗掉了存在于某个时刻的气味。把一件衣物丢进洗衣机,倒入洗衣液,经过几十分钟的洗涤,衣服就回归到了出厂设置,失去了"人"和"事"赋予它的味道,也失去了它短暂的故事。像是一场交换,用干净换走了本来的痕迹。

连我也没想到,这件事细想起来竟然有些悲观。

我们刚在一起时,我觉得他身上的味道很好闻。相爱的人通常会被彼此身上的气息所吸引,觉得对方好闻,通常是爱上对方的一个充分必要条件。我最开始还以为是他用的洗衣液好闻,因为味道很淡,也不会随着时间而挥发,不像是香水,让我颇为好奇。

直到我们住在一起之后,我发现刚洗过的衣服套在他身上反倒没有那么好闻,或者说,闻起来不太像他,像是白纸一张,哪怕用的洗衣液是香的,闻起来也很空洞,不是我所闻到的他的味道。需要一点时间,洗衣液的香气和皮肉散发的味道达到一个刚刚好的平衡,衣服停留在他身上才会逐渐变成那个味道。

但衣服总是要洗的,或者说达到那个平衡之后,再往后便也不是那么好闻了,总是要丢进洗衣机,气味再度回到出厂设置,一切又会重新轮回。

每每想到这里,都觉得我又为洗衣机平添了一丝神性。神说，要重新开始，洗衣机便按下了开始键，通过气味承载的故事也就归了零，宛如一场游戏。

真实生活中的洗涤倒也没有这么浪漫。无非是一次又一次的重复，把衣服从脏衣篓里拿出来，丢进洗衣机，然后在或长或短的一次轰隆隆之后，把衣服拿出来挂上或者放进烘干机。

在我们恋爱刚开始的时候，我很乐于去做这件事，不知道为啥，感觉为爱的人洗衣服是一件很有使命感的事情。尤其是洗完衣服，把它们从洗衣机里拿出来，用手摩挲一下爱人的衣服，再挂起来，总觉得很像言情小说里的细节，我每一次都会在心里默默演上一出。

可惜恋爱越久，我对于心里这出戏演或不演也就不太在乎了，只觉得麻烦，哪怕不是手洗都觉得麻烦。他察觉到我对这件事的懈怠，也就慢慢接手了过去。后来变成我坐在沙发上吃杧果时，他偷偷洗好了衣服。我工作的时候，他偷偷洗好了衣服。我躺在床上刷手机的时候，他偷偷洗好了衣服。

人类真的很健忘，就这么过了两年，我面对着洗衣机竟然有些不会用了。明明每个按钮都看得懂，但一想到该倒多少洗衣液的时候，我就又犯了迷糊。

后来搬家，师傅上门帮我们装新的洗衣机。师傅说，这个洗衣机有个什么什么问题，谁经常用的话需要过来学一下。我一抬头,发现他已经站到师傅面前了,甚至和师傅聊起了闲天。临走师傅还冲我笑了一下,说挺好,现在都不用小姑娘洗衣服了,挺好。

师傅走了之后,他还是把我叫了过去,怕有啥紧急情况我不会用,给我做了个简单小辅导。那一刻我感觉我和两个月的小猫一样,望着圆形窗户里的世界出神。

宇宙允许人退化吗?

宇宙允许人突然忘记如何使用某种机器吗?

宇宙允许人在获得安全感后偷偷变得懒惰吗?

宇宙允许人在被爱中伪装成生活上的矮子吗?

还好这一刻宇宙默不作声。直到他按下洗衣机的开始键,宇宙又开始轰隆隆。

小猫小狗在睡觉

写下这句话的时候,刚好是下午两点十分,家中小猫小狗的午睡时间。

我坐在客厅的沙发上,小狗睡在我脚下,有只小猫藏在我身后,一只爪子轻轻放在我肩膀上,发出很大的呼噜声,还有只小猫趴在阳台的爬架上,眯着眼睛,腹部微微地起伏着,好像睡得很香。如果要讲述我们之间的故事,那无法避开这几个可爱的小家伙,有关她们的部分也尤为重要呢。

炮炮是我的第一只猫。

八年前我从一个猫舍里把她抱回来,当时她的脸圆到发方,眼神木讷讷的,看向这个世界的眼神里有种笨拙的勇敢。我喜欢她那个劲儿,有点像小时候的我,当天就把她抱回了家。取名叫炮炮的原因也很俗气,之前算命的说我命里缺火,本来想叫泡泡,后来转念一想又改了偏旁部首，如此一来，也更符合她那个圆头圆脑的样子。

之后她就一直住在我的工作室里，一住就是好几年。那个阶段我工作很忙，算不上是个好主人，大多时候都是靠工作室里的小伙伴轮流帮我照顾她，这才把她养得健健康康胖墩墩的。她也不怨我，只要我在，她就会贴在我身边。不知道在小猫世界中是如何理解"妈妈"的，但她好像知道这个角色指代的就是我。

那几年，每一个喜欢过的男孩我都会带到炮炮面前，让她帮我把把关。我总觉得小猫的观察更为纯粹，甚至仅凭味道就能够闻出一个人是好是坏，是不是适合与妈妈相爱。回头想来，她的反应也很有意思，对之前的每个男孩她都像对待客人一样，跑过去拿头蹭一下以示礼貌，然后就跑走了。唯有他来的时候，炮炮没有上前客套，只是静静地坐在一旁看了他一会儿，然后上前嗅了嗅，最后轻轻靠在他身边睡着了。

我俩的恋爱稳定下来之后，也把炮炮接回了家。刚开始我担心炮炮会不会不适应，毕竟小猫没有太多爸爸妈妈的概念，过去每天会有很多人围上来爱她，如今却变成了寥寥两个，想必她也会少很多乐趣。可她表现得很好，很自在，尤其和我们一起睡觉的时候，她会趴在我们两个枕头中间，发出很大的呼噜声，像是从来就如此一样，直到我们一起睡着。时至今日他各个社交平台的头像还是那个时期他抱着炮炮的照片,我总会有一种错觉,仿佛这么多年是他陪着一起长大的。

再来讲讲炸炸吧。

初次见到她是在朋友圈里。当时有个朋友捡到了一只流浪猫,刚到家没几天就生了一窝小猫,他在朋友圈找领养,给每只小猫都拍了张照片,炸炸就在其中。照片里她的小粉鼻子旁边有两撮黑毛,看起来既像小胡子,又像个小领结,霸道地压在别的小猫身上,一脸的理所当然。我被她那副样子可爱到了,赶紧把照片发给了他,嘴上打算征询一下领养意见,但心里已经决定这只小猫属于我了。

接她回来那天,我本以为她会躲起来,毕竟有炮炮在家里,总不能太嚣张。可结果却大大出乎我意料,当时炸炸不到两个月大,眼睛里的蓝膜还没有褪掉,路还走不利索呢,可一进门就敢跑到炮炮跟前,大声地叫,像是个没礼貌的毛头小子在打招呼,冒犯远大于尊重。当时他在一旁笑得很开心,能看出来他很喜欢这个新来的小家伙,一举一动都宠得不行。

某种意义上来说,炸炸是我们共同从幼崽时期养起的第一个小朋友。我有时候会偷偷观察他的行为,看他是如何扮演父亲这个角色的。

印象很深的一件事,是在炸炸大概三个多月的时候

发生的。这个阶段她刚好处于精力释放不完的叛逆期，越是不让她去的地方越是要去。我们客厅里有个斗柜，为了好看我盖了块布上去，还在上面放了几个我喜欢的毛绒玩具，就怕她跳上去爪子钩到布，一拽，再把所有东西都拽下来。没想到怕什么来什么，当天晚上她就把我脑子里害怕的事情完美复原了，气得我追着她在屋里骂。

他见我很生气，就把炸炸抱到怀里，一边摸她的脑袋，一边很骄傲地夸赞说，炸炸长大了呢，可以跳那么高了呢，但你这样把妈妈惹生气了，快去哄哄妈妈。然后把炸炸放到了我身边，等着我俩完成接下来的母女世纪大和解。那一刻我的确气消了，甚至有些感动，我完全没想到在他的视角里，这件事会变得如此温柔。

再之后，我们养了一只小狗，叫百富。

别人都以为我们给她起这个名字，就像招财啊富贵啊啥的一样，是图个土名好养活。只有我俩知道，给她起名百富是因为一款威士忌的名字。我俩刚谈恋爱的时候，很喜欢喝百富21年，它就像是我们之间的定情酒一样，伴随着很多时刻的发生。只可惜之后我的酒精过敏程度更严重了，哪怕喝一点点酒都会哮喘，所以这瓶酒也就淡出了我们的生活，但那个酒瓶子我们却当作纪念一直留着。

在给小狗想名字的时候，我们假设了好多种可能，最后还是觉得百富这个名字好，读起来很憨厚，而且也有故事。我们希望她能像那瓶酒的名字一样,带着爸爸妈妈的爱,健健康康活到21岁。

当时我们坐着高铁去了一家位于秦皇岛的狗舍,亲手把她从小狗笼子里抱了出来。其他小狗都在嗷嗷乱叫,只有她不一样,一声不吭,不哭不闹,只是看着我们,用力地嗅闻我们,像是早就预料到了会是我们来接她回家一样。离开的时候,我们带她去了就近的一处海边。把她放到地上的时候,她真的是小小一个,像个黑色的小绒毛球,我走到哪里,她就会用力跑着跟到哪里,一秒钟都不舍得跟我分开。那天下午,我们为了带她一起回家,最后打了一辆黑车。我们和拥挤的货物一起挤在后座,腿都伸不直。不巧的是路上还遭遇了一处事故,原本四个小时的路程硬生生堵了八个小时才到家,可她全程都没有叫过一声,只有两个月大的她似乎很确信这趟旅途是正确的。下车后我把她抱到怀里,看着她认真的眼睛,我一下子就哭了。

从此之后,家里就既有了小猫也有了小狗。

不得不说,照顾小狗的过程要比照顾小猫难得多。小猫回家之后,通常不用教,本能就能指引着她们去猫砂里上厕所。而小狗不一样,教会她们在尿垫上完成定点上厕所是非常难的一件事,尤其对于我们两个养狗新手来说,那段时间一直在查教程，想办法，费尽了心思。甚至养狗最开始的那半年，我大哭过很多次。我本以为百富是个听话的小狗，可实际上非常倔强，只要是她认定的事情，就一定要做到。

最生气的那次发生在我和他吵架之后。争吵的原因已经模糊，最后他赌气出了家门，留我一个人在家。百富这个时候突然开始吭叽，我看了眼表，到了平时他带她出去遛弯的时间了。我把她抱起来，准备给她套上胸背，可她一直挣扎，用力地抗拒，我猜她可能是更希望爸爸带她出去玩。刚刚和他争吵过，眼前小狗的倔强惹得我很是火大，于是抬手就打了一下她的屁股，没想到她一下子就从我手里挣脱蹦了出去。根本追不上，她灵活地在家里钻来钻去，还时不时地回头看我，带着一丝得意。我觉得有些委屈，仿佛受到了家里所有成员的背叛，于是大声指责着百富，说她是一只坏狗，和她爸爸一起合起伙来欺负我等等。她似乎听懂了，一下子跳上沙发，目光紧紧盯着我，然后尿在了沙发上。我崩溃地大哭起来。

等他回来的时候，见我黑着灯蹲在沙发旁边，一边掉眼泪一边擦沙发，只有百富摇着尾巴向他跑去，场面混乱至极。他问我刚刚发生了啥，我哭着跟他解释了一通，但此刻不管怎么解释刚刚小狗所做的那一幕，好气都变成了好笑，最后连我自己都笑了出来。他走过来抱住了我，一边安慰我，一边为自己赌气离开而道歉。最终我也向小狗道了歉，告诉她我不该打她的屁股，也不该那么大声地说她是小坏狗。百富歪着头看我，似乎是默默接受了我的道歉，也可能没听懂，只是觉得我态度变得柔和了，走过来舔了舔我的手，倔强的小狗和倔强的我也算完成了和解。

和爱情一样，我们和毛孩子们的相处也经历了一段很长的磨合期。她们每一个都有自己的想法，也有她们各自爱我们的方式。我们也同样，要给予她们适合的爱，所需要的方式与内容也不尽相同。房间里的爱以各种方式交织在一起，有时候也会不小心绊倒其中的谁。爱与被爱总是要去动态摸索的事情，不管是放在人的身上，还是放在小动物的身上。

写到这里，时间已经是傍晚了。

炮炮和炸炸早已伸过懒腰，缓缓走去食盆前吃饭了。而百富也在我脚边待烦了，叼了个玩具去到了另一个房间躺着，用她自己喜欢的方式去消磨时间了。他也买完东西回家了，像往常一样，进屋挨个儿叫我们的名字，挨个儿说一遍他回家了。小狗听到响动，愉快地向他跑去，陪着他一起进了厨房。随后他端着洗好的水果出来，跟我说歇会儿吧，吃点水果再写。

我停止敲击键盘，放下了电脑。

天知道我有多么喜欢这样平淡而美好的生活叙事呢。

车内

钥匙弄丢
那扇门将不再属于你

齿轮松动
时间便不再偏向你那边

爱人也会坏掉吗
像苹果咬开的第二天

路人也会消失吧
乘坐夜间最后一趟列车

傍晚六点的天色
使人昏昏欲睡
如果一切都故障了
我们要不要重新开始

车窗

有一次雨很大,我开车去接他下班。

雨落下来的时候很用力,像是砸在了玻璃上,轰轰隆隆的,雨刷器在这场雨面前显得格外无力。我坐在驾驶位看着眼前的车窗感觉很是陌生,雨在我面前如同一面乳白色的布帘,雨刷器拨开它,它又会立即合上,来来回回,如同一场舞台剧,序幕被反复拉开。

按说以那天的雨量,我应该在家里等着雨小一些再出门,或者让他坐地铁回来也问题不大,可不知道怎么回事,那一天我很执着,一定要冒着大雨去接他,感觉只要做了这件事,在爱情的勇敢簿上我又能画上一个钩钩,并以此为傲。

一路上,车轮劈过水面,像是船桨插进水里向两侧拨开。有几个瞬间我都恍惚了,体感上像在一艘船里,我迎着暴风雨去另一个小岛上把爱的人接回家,若是成功了,天神还会来嘉奖我，颁予我勇敢女孩的勋章。当然这都是我的想象，眼前的挡风玻璃乌涂一片，雨接连砸过来，我完全不敢有半分分心。尤其看向后视镜的时候，恍惚觉得地球都遭遇了不测，一切都混成湿漉漉的一团。我也不敢放歌，因为在那一刻，任何音乐响起来都太像某个末日主题电影的背景音乐了，雨声反而是最让人警惕的声音，我集中了全部注意力，看着前方，充满使命感地驾车前行。

快开到他那边的时候，雨骤然小了，最后甚至停了。这让我很没面子，本想着可以深化一下我为爱勇敢前行的形象，结果在这样一场转瞬即逝的暴雨之后，却显得颇为愚蠢。但他见到我时很开心，没有对我说出什么"你还不如晚点来"这种蠢话，而是夸我勇敢，赞美我的车技，没有半分扫兴，种种举动让我格外开心。

回家路上，车窗里的视野变得无比清晰。大概也是因为雨把污渍全都冲掉了，之前的鸟屎也好，灰尘也罢，全都没了踪影，肉眼透过玻璃看出去，路灯的光晕都淡了，一切真真切切，像是在对我说，欢迎继续回到现实世界。

— 刚刚真的好危险，天都下白了，一路开过来的时候我可紧张了。

— 可以想象，刚刚还在担心你会不会一个人在车里害怕。

— 你不会觉得我在冒失地做一件事吗？

— 不会，你开车开得蛮好的。

— 我本来还担心你说一些扫兴的话。

— 哈哈不会的，但刚才的雨真的好大，看你平安无事开过来我觉得你真的好厉害。

当时我还把着方向盘，对话的时候我也没敢撇头看他说这几句话时的表情。但我特别开心，开心他在赞美我，更开心他懂得我需要什么样的赞美。每个人都希望听到表扬，可是很多人是无法夸进心坎儿里的。比如我，我好喜欢别人夸我聪明，夸我厉害，夸我某件事情具体哪里做得好，带有一些细节的夸奖，总让人觉得更真实。我害怕听到敷衍的夸奖，总像是糊弄人的，甚至不如真心实意地批评让我舒适。

在他说这些话的时候，我刚好要拐进环路上，速度和好心情都提了起来。那一刻的车窗风景就像电影里的空镜，高楼倒退向后，路灯冒充星月挂在半空，我们两个人有一搭没一搭地说着话，此刻要是有背景音乐响起，刚好能盖过我们的声音，画面从我们的背影慢慢抽出去，然后升到空中落黑，那就是再熟悉不过的爱情电影了。

其实我们每次坐在车上的时候，不管谁开车，我都会在脑子里想象这么一出。可能公路电影里总会有这么个桥段，男女主坐在车上，音乐一响，两个人一定要说些什么童年回忆，然后一个闪回，才能将浪漫的故事继续推进。

也有可能是我妈小时候跟我说，坐在副驾驶的人一定要多说点话，这样开车的人才不会困，聊天总归能让人保持清醒。在这个氛围下，两个人要交谈，说什么都可以，这才安全且浪漫。

在我们的车内世界，发生了很多不同类型的对话。聊起我们彼此的童年，聊起我们彼此的家庭，聊起我们彼此的前任，再聊起我们对某件事的看法，对某个地方的向往，对某段未来的想象等等，从我们刚刚恋爱到如今，从未停止过。

有一次，是在黄昏的时候，我们从郊区开车去往市区。大片的乌云聚集到了一起，但诡异的是它们全都集中到了路的右侧，而左侧仍然晴着，落日将几块云朵染得很明媚，直直的路像把天空一分为二，接下来往左还是往右，就像是一道晴雨选择题。当时我们放着《死亡搁浅》的歌单，刚好那时候他喜欢玩这个游戏，末日感又一次给足，我们像一对在逃亡的情侣，在如此的氛围下不得不交换起彼此最在乎的秘密。

我问他，如果末日降临，我们真的就是在逃亡，有什么事情是在此刻必须告诉对方的吗？他想了想，没有一个很好的答案。当时是他在开车，我也不想让他太过分心，便转头看着右侧的乌云思考我自己的答案。结果车都快开到家了我也没有想到一个很具体的事情，好像我们相

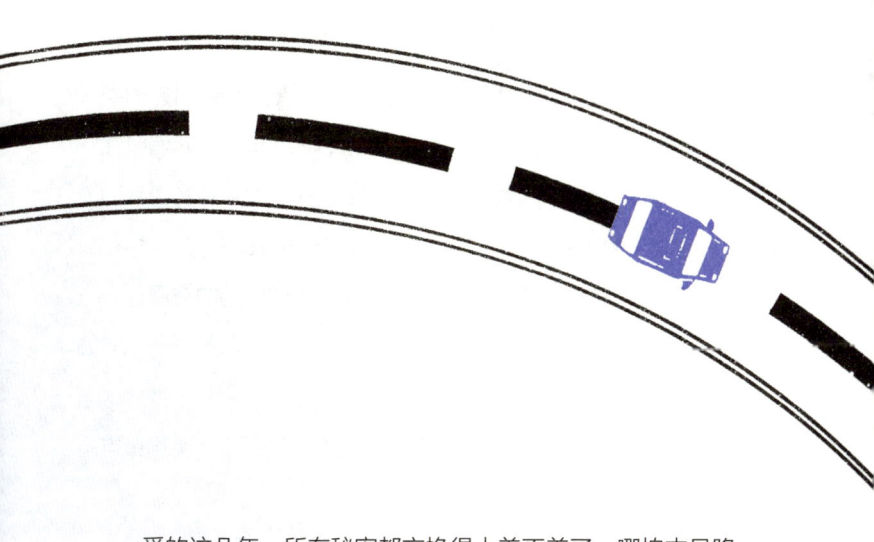

爱的这几年，所有秘密都交换得大差不差了，哪怕末日降临，我也没什么尚未说出口的遗憾。而且我们如果可以一起逃亡，我们仍然可以对彼此说一路的我爱你，更无遗憾可言。

还有一次，我们带着小狗出去露营，整个回程的路上都很疲惫，车里放着播客，几乎没有说太多话。有一段路我坐在后座甚至睡着了，睁开眼的时候刚好看到他开着车在过山洞，一次骤然的黑暗再接着一次强烈的光明，如此交替，迷迷糊糊的睡梦也和现实糅到了一起。

梦里，我梦到我们在农场，他哈哈大笑着说我变成了植物，但又牵着我怕我走丢。他很开心地说所有人都会觉得我们很特别，因为人类牵着植物跳舞这件事太过于新鲜。而下一秒，我们又去向了大海里，随后被冲到了白色的沙滩上，我们变成了两条美人鱼，用尾巴拍打对方的身体，拥抱在一起又跳入大海，越潜越深，最后一起消弭在黑暗中。此时车颠了一下，我彻底醒来，发现现实中我们还在回家的路上，往外看，刚好路过一片田野，几头牛在那里悠然地挥着尾巴，完全不在乎这一边吵闹的交通。

他问我，睡醒了吗？

我说，是的。

他说，如果你不累的话能不能换着开开车，我腰有点痛，想休息一下。

我说，好。

随后我们换了位置。我坐在驾驶位的时候，刚好太阳升到了正午的位置。前面的路一直在变换，从乡路开到省道，从两侧是山野开到了城市之间。我们无数次共同看过很多风景，透过车窗，重复的，或者崭新的，我们都坐在一起看。

此刻或是未来，
我们都坐在一起看。

前任的痕迹

六年前的冬天,我和前任去了荷兰旅行。

当时我还不会开车,一直坐在副驾驶,他决定去哪里,我就只能去哪里,如此过完了一周多的时间。关于那次行程,我像失忆了一样,几乎不记得我们都去了哪里干了什么,只能记起一次非常糟糕的争吵,让我有了回国立刻学车的冲动。

回来没多久我们就分手了。大概整理了两周心情,我就火速去了驾校。那时我的想法非常纯粹,我不想再坐在副驾驶听别人的安排了,我想拥有掌握方向盘的权利。在很多事情上,恨比爱能带来更大的动力。所以整个学车的过程非常快,一个多月就拿了驾照。拿证那天我疯一样地在驾校里跑了起来,天知道我有多快乐,从此不用在路途中看别人脸色,我终于可以自己决定接下来去往哪里了。

不可否认的是,前任的存在是有意义的,就像下雪天压过的车轮印子，混乱不堪，可痕迹始终留在那里，或深或浅，一回头就能看到。

好在他也并不避讳谈起那些黑乎乎的车辙。

恋爱的初期，我们曾有一次很认真地交换过有关前任的故事们。记不清前情了，但好像在夏天，在一个接近落日的时段，我看着窗外的天空十分感慨，他也凑了上来。

我向他讲述在上一段感情中我的痛苦。比如前男友总是在接近天亮时才睡觉，天黑才起床，我跟着他的作息在那个冬天几乎没有见过阳光，身体和情绪都进入了很差的状态。还有我被忽视的一些瞬间，在一个自诩为艺术家的人面前，我所有的喜恶都变得不值一提，只有他的喜恶才是高级的、正确的。

本以为他无法理解，可他搂着我，轻轻地拍了拍我的肩膀，说他能明白。讲起他的前任也画画也习惯于昼夜颠倒的生活，有一段时间，她变得更加夸张，半夜三点会在房间里大声地放歌，用力地画画，全然不顾他的感受。很巧合的是我们在上一段感情中受到了相似的伤害。他说他完全能明白被忽视的痛苦，也完全能理解爱情中"时差"带来的痛苦。

之后我们又聊了很多，仿佛我们不是恋人，而是新结识的朋友，互相倒着昔日爱情的苦水。窗外的天色在我们眼前慢慢暗下去，像是一种抽象的落幕。

翻出前任留在我们身上的痕迹，是一件比较冒险的事情。因为无法确认现在眼前的人是否坦诚，是否善意，是否会直接抓住你的弱点在未来的某一天重新提及你最伤痛的部分。但那一天，我看向他的眼睛，感觉他是真挚的，也是弱小的，我们像两个缩在角落的孩子，互相拿出了缝满补丁的布娃娃，讲述着它们身上的故事，没有人在此刻张牙舞爪。

　　那个晚上，我们继续规律地入睡了，也在第二天规律地起床。哪怕相处了一段时间，早睡早起的生活在我们看来仍然是难能可贵的事情，恨不得在每个早晨都要拥抱庆祝。那一天我偷偷感慨，人与人的出场顺序真的好重要啊。如果我们没有经历上一段感情经历，而是直接遇到彼此，或许不会是当下的结果。

　　后来的某一天，我开着车去接他。歌单突然播放到一首很熟悉的歌，让我一下子像是回到了六年前荷兰的那次旅行当中。同样是黄昏，同样是在一条拥堵的小路上，但不同的是，这次坐在驾驶位上的人是我。我感觉鼻子酸酸的，仿佛手中握着的是六年前荷兰那辆车的方向盘。我终于抢过来了。

痕迹始终留在那里，
或深或浅，一回头就能看到。

一缕朝阳

已经是秋天的尾巴了,我俩却突然来了兴致去露营。起因是我刷到了一张很好看的风景照,他又顺手搜了一下,发现目的地距离我们只有三个多小时的车程。我们互相看了一眼,便匆忙定下了周末出行的计划。

气温已经有些凉了,晚上在城市里走走,小风一吹我们都得刻意把外套的领子拉高一些才行。我心里也犯嘀咕,一方面觉得这个季节去露营有些鲁莽,可另一方面又觉得刺激,毕竟轻微的失控会给人一种冒险的感觉。

说来奇怪,认识他之前我是个完全没有冒险精神的人,甚至很少走出房间,就算是旅行也更像是飞到某个城市,换了个住处而已。撑死了每天起床出门,在附近方圆两公里的范围内走一走,吃个相对随机的餐厅,不去做太多预设,然后到了回程的那一天准时去机场准备飞回家,一趟旅行便如此结束了。我从没想过我会和冒险这件事扯上什么关系。

我们恋爱的第三年,逐渐产生了一种奇妙的化学反应。这或许和我们的生活进入了平稳期有很大关系,每天从固定的房间里醒来,拥抱固定的人,吃着方圆三公里固定的外卖,一切太过于固定了,就像老一辈所说的,仿佛过上了一眼能看到头儿的生活,我们都隐隐地不安起来,对冒险的渴望大约是这时候从身体里生长出来的。

通常情况下,为了让冒险的乐趣达到最高,我们都会早早做好准备。但这次行程很仓促,留给我们的准备时间大大压缩了。盘了盘家里的东西,想着对付这次的露营应该问题不大,唯独就是取暖的东西有些匮乏。出于保险,我们还是找了发货就近的商家下单了一些炭火,算好出发当天刚好能收到。想着到时候扎好帐篷,再在外面生起火来,那一刻肯定好看又温暖。

结果出发那天,我们都等到中午了,炭火还是没有送达。打电话给快递,他们说路上耽搁了,只能下午再配送。算算时间我俩不能再等下去了,否则到目的地时天就黑透了,最后只得悻悻出发。那天的路途格外不顺,本就赶上国道在修路,加上我们还不小心走错了一段,本来三个多小时的车程最后硬生生变成了快五个小时,到达目的地时太阳刚好落山了。

好在停下车之后,我们目睹了大家常说的"Blue

Hour",也就是日落之后二十分钟的蓝调时刻,太阳会与地面的夹角在负四度到负六度之间,仍然留有一些余光。天空渐暗,变成了一种神秘的幽蓝色。而落日的余晖还在,随着时间的推移,它会被幽蓝色慢慢吞噬掉,天色的每一秒钟都极其浪漫。

我们借着最后的这一点天光,匆匆忙忙地把帐篷搭了起来。时不时地抬起头来看看天空,觉得这是一件非常奇妙的事情。

我们住在房间里的时候,感知时间的变化总是依赖于表,分秒的流逝都是以一种很工业化的方式呈现的,很少会有像此刻这样的机会,抬头只是看天,体会时间的推移是以颜色的变化而发生的。我总是盯着山顶那同一处看时,这种感受更为强烈。

之后就很常规,我负责铺好垫子和睡袋,他负责在一旁煮东西。此时天已经完完全全黑下来了,充满了侵略性的那种黑。我们把带的露营灯全都点亮了,但能看到的范围还是很小,周遭的一圈仿佛成了一座孤岛,远处的森林在黑暗中显得更为神秘。

我跟他说现在安静得有些害怕,他一边煮着东西一边安慰我,然后给我碗里又夹了一颗贡丸,告诉我多吃一点会更暖和。

气温渐渐降到了零度以下,我往空气里随便哈一口气,都会结成一小团雾,再慢慢消散于空气中。我看了一眼表,居然才刚过七点,对于城市来说这是一个正要热闹起来的时间,可此刻在深山之中,一切却无比沉寂,连声鸟叫都没有。我提议拿音响放歌来听,结果打开手机一看,竟然一丁点信号都没有,翻了翻我下载好的音频文件里除了几个微恐的罪案播客也再无其他,望向四周,此刻放那些未免也太不合时宜了,最后也只能继续保持安静,或许是此刻最好的选择。

吃完饭之后,我俩每人贴了好几个暖宝宝就躲进了帐篷。因为没有信号,消遣活动就只剩下聊天。这个时候连拥抱都很耗费热能,毕竟要钻出自己的睡袋,露出上半截

身体才能完成拥抱这个动作，太过奢侈。所以我们唯一的亲热只剩下转个身给对方一个亲亲，然后继续聊些有的没的，刚过八点就开始哈欠连天。

中途是谁钻出帐篷上了个厕所，就喊另一个人出去抬头看天了。只记得我们两个人哆哆嗦嗦地站在帐篷外面，惊叹于此刻的星空。

天，真的太美了。

那是我第一次看见星空，如此明确的星空，除了被震撼到之外，只能笨拙地掏出手机来试图去记录它，至于如何去描述它啦，赞美它啦，这种话我完全组织不出，只是眼泪汪汪地抬着头，甚至连冷这件事都忘了。直到他喊我快进帐篷，我才狠狠地打了个哆嗦。

那个晚上我以为就要这样度过了，在寒冷中和对大自然的敬畏中而度过了。没想到刚刚睡下三四个小时，他就把我叫醒，说温度已经降到零下八度了，帐篷外面都结了霜，再这么下去他担心我们的睡袋扛不住，有失温的风险。向来胆小的我赶忙跟着他一起去到车里，开着26度的暖风，开始思考接下来怎么办。

截止到目前，这一天的经历都太过于"突然"。突然的一次露营决定，突然送不到的炭火，突然的星空和突然结霜的帐篷，种种的未曾预料早已超过我对于冒险的预期。我坐在车里开始焦虑，思考着车的油量够不够支撑我们开着暖风住在车里一宿，同时也思考着如果此时突然撤退回家，这一路没有路灯和还在修的路，能不能保障我们人车平安。

看了眼表，此刻是凌晨一点半，距离日出还有不到五个小时。我们坐在车里反复推演哪种方式才是此刻的最佳方案。最后一致决定保持现状。

很多年前，曾听一个朋友跟我们分享过她对待生活的幸福秘诀就是减少动作，放之此刻可能再合适不过了。于是我们两个决定整夜不睡，在开着暖气的车里避寒，盯着油表的变化，也算作是对我俩这场露营准备不足的惩罚。但半个小时之后，我们就倦了。车窗外除了头顶的星空只剩一片漆黑，也没有网络，我们也没有什么非聊不可的话题，渐渐地越来越困，最后都睡着了。

我再睁开眼的时候，发现车窗外的星空消失了，天色也不再是那种吞噬性的黑了，它有了一丝生机。看了眼表，还有三十分钟就要日出了。

慢慢地，车窗外的颜色又进入了来时那种"Blue Hour"，我猜想太阳要做好准备升起来了，便止不住地兴奋。经历了如此狼狈的一晚，我无比渴望着再见到阳光。我们拉着手一起等着，比什么跨年来临都要激动得多。

当一缕朝阳照进车窗的时候，我几乎要哭了出来，看向他的脸，突然觉得心中爱意盎然。

实话说一整晚我都在懊悔，为什么要临时决定这样的一次露营，在寒冷和黑暗面前我为自己所做准备的不充足而难过。另一方面，我也对他有些许责怪，责怪他和我一样不够细心，两个人莽莽撞撞地就走到了大自然面前。可当再次见到阳光的时候，我便收回了这些感受，只觉得快乐，相信大自然谅解了我们。

我时常会想起那一天。

在星空下瑟瑟发抖的我们，在帐篷里贴着暖宝宝亲吻的我们，在车里拉着手睡着的我们，很多个时刻会飞速飘进我的脑子里，再飞速飘走。朋友们时常说我们如今的相爱模式太过于繁琐，所依赖的东西远超于爱本身。而我很难向他们讲清楚这些时刻之于我们为什么很重要。我太迷恋第二天清晨的那一缕朝阳了，那是敢于在生活中出逃的恋人才会得到的礼物。

我太迷恋第二天清晨的那一缕朝阳了，那是敢于在生活中出逃的恋人才会得到的礼物。

10

不要被椅子困住
不要只停留在房间

你要走出去
你们要走出去

穿过碎石路和沙滩
去救一只
被困住的蝴蝶

意外的性欲

很奇怪,我时常会在和他牵着手走路的时候产生性欲。

第一次发现的时候,我自己都吓了一跳。它来得太莫名其妙了。我从未想象过在一个如此公开的场景下,我会有如此私密的欲望出现。我把这种感受偷偷告诉了他,他也很意外,问我是不是最近看啥不该看的东西了,随后我俩都大笑起来,那种感觉也消失了,像从未出现过一样。

但很快,这种感受就又出现了。它好像风一样,忽然就吹过来了。

我意识到这并非偶然。它总是在我们散步的时候出现。而且这不是一件必然会发生的事情,或者说它无法被设计,只是偶然地在某一瞬间,爱意就涌上来了。这一幕通常发生在我们牵着手的时候,而且通常是我站在他左边的时候,并非是十指相扣的姿势,只是普通地牵着,不松不紧地牵着，漫无目的地牵着。大多时候我们也还在聊着天，一些很家常的话题或者是刚刚看过的某部电影，无关任何性爱的暗示，只是聊天。他也没有什么额外的表情，我歪头看他的时候，他几乎都在往前看路而没有转过头来看我。总之，这一切都很寻常。

我也想过是不是排卵期的时候受激素水平影响，性欲变得高涨了。但算了算日子，也不是，它甚至会发生在月经结束之后，欲望最低迷的那个时期。就是很偶尔的，很意料外的，性欲会在我们牵手散步的时候出现。

我甚至想过，我有没有可能上辈子是一只不停在迁徙的大象，或者是一只终生逃亡的流浪狗，大部分时间都在走，匆匆忙忙，所以欲望也会均摊在这个时刻，让我格外踏实。但转念又觉得不太可能，它们哪有那么具象的性欲，我只不过是个还不愿正视自己有偶尔冒出奇怪性念头的人类罢了。

有一次，他开玩笑说干脆买个跑步机，就放在家里的阳台上，我们一边拉着手一边在家里散步，试试看这样会不会有啥性爱新思路出现。我光是想象了一下那个场面就笑到不行，两个赤身裸体的人一本正经地开始在房间里踏步走，不仅要假装周围是街道或者是森林，还要演上一出散步聊天的大戏，交谈一些有的没的，就为了捕捉一个飘忽不定的性欲苗头，那得是多么滑稽的事情啊。

大概是因为花费了太多精力在这件事上,后来我再也没有出现过这种"散步性欲"。颇为遗憾,它始终是一个念头,从未成真过,却因为我反复想要去抓住它,似乎把它吓跑了。就像它来时那样莫名其妙,后来又在另一个莫名其妙的一天,它就真的像风一样,彻底消失了。

徒步婚礼

我们两个人都很抗拒婚礼,或者更具体地说,是抗拒那种传统意义上流水线般的婚礼。光是想到这件事,我们就会觉得不安。

小的时候,我很痴迷于参加长辈的婚礼,谁谁家的姐姐出嫁了,谁谁家的哥哥娶了好看的老婆,我都很高兴可以作为小宾客坐进席位上,一边感动地掉眼泪,一边往嘴里塞着蘸着炼乳的油炸小馒头。那时候我没什么对于爱情的概念,只是觉得感动,觉得仪式上所有说出的誓言都是真的,她爱他,他爱她,交换的并非只是戒指,而是彼此剔透的心。

后来长大了,我开始参加最早一批结婚的同学的婚礼。我逐渐对这件事产生了质疑。明明在婚礼前一周,我还听同学讲过他们感情中的糟糕事,结果半推半就的婚姻居然在仪式上变成了非对方不可的天注定,我不是很理解，可仍然会在女方被父亲牵着走上台时落泪。

20岁出头的年纪，我身边没几个人真的明白爱情和婚姻。那几位早结婚的朋友更像是拿到了船票，随即登了船，并没思虑过多，也不确定船未来会驶向哪里。我坐在宾客桌上，像是站在岸上的人，眼含热泪冲他们挥挥手，其实心里也替他们犯嘀咕。会驶向幸福彼岸吗？好像没有人知道确切的答案。

那几次婚礼上的饭也没小时候吃着香了，不知道是我口味变了，还是饭店大厨水平下降了，连我曾经痴迷的油炸小馒头蘸着炼乳也不好吃了。腻腻的，如同那几年猛然加速的生活。

什么时候确信我不会办婚礼的呢，大概就是和他在一起后，我俩去参加过共同朋友婚礼的那一次。新娘是我们熟识的人，但又算不上很熟，整场活动办下来都像是为了要一波亲朋好友的份子钱而办的。婚礼开始前我们还特地去休息室看了眼新娘，她说凌晨三点就起床了，困到随时都能因为打哈欠而落下泪来，而新郎就坐在旁边玩手机。这一幕离婚礼的仪式感太远了，就像一次平常推门而入的聚会。我突然就悟了，我并不想要这样的一场婚礼。

我们是在我29岁生日那天领的证，之后一直没有办婚礼。邻里亲戚问起这件事的时候，我们统一口径都是嫌麻烦，对方再细问，我们也会打马虎眼糊弄过去。

起初，在我们两个人的心里，有过一个婚礼仪式的梦。我们想象在一个海边的黄昏，所有人不用着急起早，完全睡到自然醒之后来到这里，举起酒杯，可以伴随着海浪的声音饮酒，醉得或许会慢一些。仪式在晚上七点正式开始，天空会出现粉紫色的火烧云，与海平面抱在一起。我穿着轻便的白纱裙，光脚踩在沙滩上，而他穿着板正的西装，裤脚一定要挽起来一点，这样光脚踩沙了的时候才不会绊倒。我们滑稽又轻松地出场，向每一位宾客敬酒，哪怕所有人都知道我酒精过敏，高脚杯里放的是苹果汁也不会有人点破，大家都笑着，在彻底日落之后一起跳起舞来。

只可惜这太过于梦幻了。如果我们真的按照这个准备，长辈们肯定会不满，觉得整场仪式太过于轻佻，最后一定会变成既然办了，那不如大办的逻辑。于是这个念头在我们脑子里就存在了一小段时间，后来就彻底放弃了。

最终，我们瞒着父母举办了一场徒步婚礼，在我们婚后的第三年。

如今回想着这个决定，感觉更像是临时起意。儿童节那天，我们本想着如何庆祝一下我们长成了大人呢，结果想着想着就越飘越远，居然开始做起了旅行攻略，最终定下了月底去日本熊野古道徒步这件事。熊野古道的中边路，全长有80公里，他做计划的时候打算用四天的时间走完。我听得有点打退堂鼓,可上网一搜这一路的古树美景,就又有了迎难而上的动力,甚至很是期待这条朝圣之路会给我带来怎样的内心修行体验。

搜着搜着,我发现沿路的几个场景太像我梦中的画面了。我曾有过一个梦,梦里自己披着白纱,在充满古树的森林中开心地奔跑,偶尔会回头看我爱的人是否跟上,跳跃的我如同小鹿一般。于是我向他提议,要不要试着在这里完成一次徒步婚礼,我们走过的每一步都是我们共同走过的,只有我们两个人,走下去便是我们的仪式。他欣然答应,于是这场徒步婚礼,就成了真。

我们飞到大阪,又从大阪坐车到了田边。田边是一座很小的城市,整座城市逛一圈也用不了多久。我们当时在这里溜溜达达走了一下午,才不舍地坐公交车前往熊野古道起点。那一天晚上我们住的民宿在半山腰,房东特地来公交车站接了我们,山路绕来绕去的,我看着窗外的景色紧张又欣喜。等停下来的时候,我们才意识到自己订了一个这么大的民宿,有点像日剧里的那种房子,客厅里大大的窗户正对着山也就算了,连浴缸边的大玻璃望出去也能看到延绵的山。房东还有收集黑胶的爱好,唱片机和大叠的胶片就摆在客厅里,我们背着巨大的徒步包,外加一身速干衣裤徒步鞋,像是这浪漫场景的闯入者。

本以为这就是最大的惊喜了。第二天清早推开窗户,对面的山被雾气笼罩，像仙境一样。我们赶忙收拾东西准备上山，让这场徒步婚礼从最恰好的时间开始。

整座山似乎只有我们两个人。

为了方便，我们把所有的行李都背在了身上。这是我第一次负重徒步，起初很不适应，腰部和肩部都有些累，爬山的时候心率飙得异常快，很快全身就湿透了，举起相机自拍的时候感觉格外狼狈。走了一个小时之后，身体像是慢慢热开了，逐渐适应了当下的节奏，眼睛也不只顾着脚下，可以抬起头看看两侧的风景了。

突然间，树林里下雨了。我们感受得不是很真切，因为有枝叶在上面为我们挡雨，但能听到沙沙声，从很远的地方就有，传到近处又叠上了几层，沙沙又叠上了沙沙，很美妙的一种声音。刚好脚下的这段路很平坦，且均匀地铺着一层落叶，我们走过去的时候恍然觉得自己在仪式上，有特别的奏乐，又踩在大自然的毯子上，真的有了双人婚礼的感觉。

熊野古道徒步的第一天，我们在下午三点多到达了提前订好的民宿，走完了当日的18公里。洗完澡坐到榻榻米上的时候，人都恍神了，累到小腿站立时都快失去知觉。糟糕的是，我的左腿膝盖的十字韧带有点受伤。本来来这里之前就没完全好利索，这一天走下来彻底复发了，到了晚上的时候，已经到了稍微弯一弯就能体会到不适的程度了。晚上我们就临时改了后面几天的计划,通过公交车跳过一些风景重复的路段,只保留每天不到 10 公里的徒步行程,也将一段行程改到了海边。

不知道这算不算因祸得福,但对我来说,海边的那段路的确成了我这趟旅程很难忘的部分。当时我们坐车到了纪伊胜浦,打算沿着海边走一走,然后饱餐一顿金枪鱼。在海鲜市场旁边有个很特别的码头,从这个码头看过去就是海和山。那天阳光很好,又刚好有鸽子在那里走来走去,我临时提议要不要在那里架上相机,然后我戴上头纱,和他牵着手从码头的那一端走过来,像婚礼上所有新人从台上走向宾客一样。他起初有些不好意思,觉得这是一件略感羞耻的事情。突然有个时刻,像是上帝为我清场一样,目光所及之处一个旁人都没有了。在我的连哄带骗之下,他壮着胆子和我完成了这样一个短暂的仪式。

那一小段路其实只有十几米,放之平时哪会那么别扭。但在当时,心里越是为它赋予了仪式感,越是觉得那条路神圣而缓慢。我们先是牵着手走了两步,后来控制不住地边笑边跑起来,最后跑到了镜头前,几只路边的鸽子都被吓得飞了起来。回看录像的时候,竟然有种奇异的浪漫。毕竟我们两个人还都穿着徒步的衣服,背着沉重的徒步包,户外墨镜还戴在脸上,用最不正式的装扮,却做了一件特别正式的事情,很羞涩,又暗暗觉得不虚此行。

之后我们赶忙收起了三脚架，神奇的是这一刻路人又多了起来，大家又开始在附近走动，仿佛刚才真的有什么暂停时间的魔法，给了我们两个害臊的人一个大胆一把的机会。随后我们去吃了金枪鱼，他还笑称说吃婚宴咯，特地把他碗里的一块鱼夹到了我碗里，我也学着他的样子还了他一块，挺好笑的，竟然如同互换了戒指。

现在回想起来，那几天实在是太幸福了。我们在山里的时候，大部分时间都没有其他人，我们会不停地跟彼此说话，有时是聊起之前的事情，有时则是互换对当下环境的感受。

我记得有个地貌好像我在侏罗纪电影里看到的那种，随时都会有恐龙从远处向我们奔来。而他则会偶尔指着路旁的某个蕨类植物跟我说，在北京的花卉市场里这个要卖一百多块钱一株欸，而且超难养活的。

我们分享着现实也好，幻想也罢，那些与当下相关的念头，嘴上说个不停，脚下却一直走着，好像是我们婚姻生活的缩影。

恐惧

在我的记忆中，非常害怕的第一样东西是一只鸡，一只黑色的鸡。

我的脑子里总是有一个诡异的场景。三四岁那年，有个亲戚拎着个红色塑料袋来了我家，那个袋子一直动一直动，哗啦啦地不停发出声音，最后从里面跑出来了一只黑色的鸡。它一逃出来就直勾勾地盯着我，然后发了疯地追着我跑。我吓坏了，一边哭一边躲，它却在后面不依不饶。接下来发生了什么我就记不得了，好像那一天我就一直在跑，从客厅跑到阳台，从阳台又跑回客厅，所有大人都在旁边大声地笑话我，没有人真正在意我的恐惧。

长大之后我也问过我妈，那一天到底发生了啥。结果她却跟我说虽然当年的确有亲戚送过一只鸡到我家，但来的时候就已经死了。真实情况是我当时瞎跑到阳台上，无意间看见红塑料袋里装着死去的鸡，被吓到了，转身就往屋里跑，边跑边哭。这一幕被我舅舅看到了，他觉得孩童展露出的恐惧格外有趣，便哈哈大笑，从此之后隔三岔五就会对着我说"大黑鸡来了大黑鸡来了"，把我吓哭之后他就开心地笑，以此取乐了好几年。原来我记忆中的这份恐惧，从来都不是真实存在的，而是被我舅舅在那几年中反反复复刺激才构建起来的。得知这件事的时候我真的非常生气，可以说这只"黑色的鸡"就是一扇门，把幼小的我从此关进了一个极易感到恐惧的房间里。

打那之后，我开始害怕黑色。黑色的晚上，黑色的头发，黑色的一切都让我觉得不安。后来我又开始害怕下雷阵雨的晚上，黑色的天空中会突然出现一道刺眼的亮光，随后又有巨大的声音在耳边响起，小时候我总是会在这个时候猛地大哭起来，除此之外我不知道如何消解自己的恐惧。

年龄稍大一点后，我开始通过条件反射主动习得"恐惧"了。爸妈带我去学游泳，头埋在水下，我感觉到窒息，声音也变得混沌不清。我害怕极了，从此开始怕水。出门散步路过人行天桥，妈妈提醒我别往下看。我下意识地开始学习这份害怕了，从此开始恐高。我害怕的东西越来越多，甚至我都无法确认我究竟害怕什么，更多的时候我认为我应该对它们感到害怕，尊重恐惧，这样才能让我获得一些安全感。

我们恋爱之后，很长一段时间我都在向他解释，我在害怕什么，我为什么害怕，我的恐惧又是如何构建起来的。

去年夏天的时候，朋友喊我俩一起去玩桨板。我很怕水，但桨板是浮在水面上的，看起来像是一座安全的小岛，所以心想着和朋友们一起去试试似乎也无妨。下水之前，朋友们知道我胆小，让我先穿上救生衣，上板的时候还特意在下面帮我扶着，帮我保持桨板的稳定，一切看起来都十分安全。可当我缓慢趴上去的时候，我突然感受到了晃动，水会带着桨板无序地晃动。我一下子害怕了，而且我越是害怕，板子似乎就晃动得越剧烈，一瞬间，我整个人都僵住了，身体失去了所有控制，趴在那里大声地哭了起来。

朋友们都对眼前的状况感到意外，七嘴八舌地安慰我，可对那个时刻的我来说什么都听不到，恐惧也令我无法做出应有的反应。他见我哭成那样先是吓了一跳，然后快速套上救生马甲跳进了水里，不停地喊我的名字，让我的目光看向他。随后他把头没过水里，然后再从水面钻出来，告诉我最危险就是这样了，我们都穿着救生衣不会更危险了。他见我没有做出反应，就一遍遍地向我演示，一遍遍地钻进水里又钻出来，直到我停止大哭他才停下动作。

要知道他也不会游泳，那片水域也并不干净，他为了平复我的恐惧，竟然会下意识选择这样做，我心里热热的，原有的恐惧被一股暖流冲开了。我逐渐冷静下来，慢慢在桨板上改变姿势，从趴着慢慢改成坐着，本来已经不想哭了，可看着他那副狼狈的样子，眼泪还是又多流了两行。

之后的桨板体验进行得很顺利，水带来的晃动已经不会吓到我了，我甚至可以相对放松地看看风景，不再那么紧绷。阳光照在水面上，一阵风吹来，波光粼粼的，很是好看。我盯着眼前的景色出了神，脑子里不停地在想，我刚刚到底是在害怕什么呢？我真的恐惧吗？为什么此刻的我却可以如此平静呢？

关于那一天，我们在之后的日子里反复讨论过很多次。他觉得恐惧成了我的一种习惯，就像《哈利·波特》里卢平教授说过的那句"你恐惧的其实是恐惧本身"。甚至保持恐惧会让我获得安全感，这样就不用再去思考这件事的危险系数了，也不用再去思考用多少勇气来处理这个情况，继续恐惧也是我选择的一种偷懒。

当我意识到了这件事的时候，仿佛也找到了淡化恐惧的方法。似乎一切都要回到那只黑色的鸡身上，哦不对，是回到我舅舅所构建的那只黑色的鸡身上。告诉自己，这些恐惧不过是他人向我描述的陷阱而已，仅此而已。

我们相爱以来，我变勇敢了许多。

他总是站在我身边，很自然地跟我说，你不害怕，你很勇敢，你可以处理好这些的等等，用鼓励的口吻来帮我淡化恐惧。这真的很奏效。我的恐惧在很多时刻真的停下来了，不再毫无意义地蔓延。也因此，恐惧得到了一个有效的筛选，到底什么是我真正害怕的，我也逐渐得到了答案。

去年十一月，我们去了云南雨崩徒步。住在上雨崩村的一个民宿里，每天醒来就可以看到缅茨母峰。恰好天气很好，每天早上都有日照金山的美景，我望向她的时候会不自觉地想落泪，震撼于大自然的神奇。

离开雨崩村的那天，我们要走一条叫尼龙的路线徒步出村。我们查了一些攻略，都说这条路线非常简单，大部分的路段都是缓缓下坡，耗费不了什么体力。所以我们出发的时候，完全没有什么心理预期，想着说轻轻松松地走出这里就可以坐着车去赶飞机了。结果最后的3公里，路的一侧变成了断崖，我本来专注于脚下，只是隐隐有些害怕，可这个时候他突然开心地喊了我一声，叫我往对面看过去，说那里有几只岩羊站在峭壁上相当厉害，我一抬头，一阵眩晕猛地冲上了脑袋，脚下也跟着一软，全世界在我眼中都开始剧烈地抖动起来。

我崩溃地哭了。脚底下的路在我眼中变得越来越窄，仿佛我站在独木桥上，下面是万丈深渊。我很害怕，可我不敢停下来，捂着嘴巴又不敢哭得太大声，怕自己动作太夸张会一脚踩空跌下去。

他看出了我的异样，在后面紧张地问我怎么了。可我的身体完全不听使唤，无法张开嘴回答他的问题，我只能哭，而且脚下的步速越来越快，身体似乎想带着我快速走完这段路，可这段路好长，我很快地走，走了很久也没走完。哭着快走的时候，我的心率也飙到很高，整个人从头到脚都失了序，被恐惧完完全全地笼罩着。后来我试图自救，把手挡在眼睛旁边，假装看不到悬崖，可这时候的自欺欺人也没有太大作用，我极度害怕地走着，感觉过了有一生那么久，才终于走完了这段路。

看我的情绪稳定下来，他轻轻地问我，可以抱抱吗，我虚弱地点了点头。一个拥抱之后，感觉自己缓缓地活过来，眼前的世界终于停止抖动。他说刚刚在我身后喊了我很多次，但我完全没有回应，像中了邪一样，一直大哭着快走，他被吓坏了。可是对我来说，那段时间里我什么都没听到，仿佛误入了一个黑白晃动的世界，除了自己的心跳，听不到一点儿声音。

他抱着我的时候，轻轻拍了拍我的背，跟我说没事了没事了。然后他亲了亲我的额头，说我很勇敢，比以往任何一次都更勇敢。这一次我也意识到了，我真正的恐惧到底是什么,或者说真正的恐惧是什么样子的,过往那些自己吓自己的时刻在当下显得完全不值一提。

  我好像回到了想象中的那个小时候,身后有一只巨大的、黑色的鸡一直追着我,我拼命地往前跑,具象的恐惧就在身后,我不敢回头。可万事总会有转机。我听到有一个声音由远及近,轻轻地问我"可以抱抱吗",我心里突然热热的,好像渐渐地不那么害怕了,步速也可以慢下来,身后的恐惧也在慢慢淡去。

又一次,
爱从正面抱住了我。

节奏

偶然读到《创作者的一天世界》里写村上春树的写作生活极其规律,他会在每天凌晨四点起床,连续工作五六个小时,下午游泳或跑步,听听音乐读读书什么的,然后早早睡去。我一下子就被鼓舞了,当天下午就决定拉着他一起去跑步。

还没起跑时,我就已经有些紧张了。心率一下子升上来,整个人都开始冒汗。起跑位置还刚好面向太阳,我半眯着眼,硬着头皮就跑了起来。刚开始那几步,我有些用力过猛,试图把腿迈开,结果由于热身不充分,蹬得力气很大,但步子迈得太小,根本没蹬出多远。随后我的节奏就乱了,或者说是变得莫名的快,这一步还没走完,下一步就又跟上了,每一口呼吸都还没完成就急着去完成下一口,整个人极其慌乱,最后在心率逼近 180 的时候不得不停了下来。

他也顺势停下，跟我说我刚刚的节奏太快了，步频太快了。我说，我知道，是我刚刚没控制好。随后我又跑了起来，这一次我试图去证明我是可以控制住节奏的，于是刻意慢了下来。结果五步之后，我又乱了，心率从120立刻飙到150多，哪怕我尽力让腿往远处伸长一些，频率降低一些，可我还是会控制不住地快起来。

那一刻我脑子里浮现了很多莫名其妙的画面。

以前喜欢某个男孩的时候，我总是怕他察觉不到我的好，于是格外用力地展示我的优点，无论是外貌上的，还是性格上的，我都时不时地表现一下，朋友笑话我如同一只刚刚学会开屏的孔雀，恨不得站到别人脸上开，多多少少有些冒犯。

身边的朋友还围在一起给我支招，有人说要停下来适当断联，也有人说锲而不舍才是爱的真谛，最终有个朋友说，爱是有节奏的，不尊重爱的节奏，那就不可能获得舒适的爱情。这句话一出所有人都开始起哄，笑说出这句话的人是情圣，然后整个讨论就偏了方向，热热闹闹地扒起了那位朋友的感情史，关于我的情感疑惑也就不了了之了。

我的思绪又猛地抽了回来。看了一眼手表上的心率，又一次飙到了170，而脚底下的步频迟迟慢不下来，就像有什么东西在后面赶着我一样，我火急火燎地跑着。

好奇怪。我明知道要慢下来，可控制不了自己的身体，总是着急。就像长辈总说的那样"慢即是快"，听着容易，实践起来总是不简单。更糟糕的是，我的耳朵变得灼热，甚至开始闷闷地胀痛，我试图放缓呼吸，可这并非易事。

脑子里又闪回了和朋友的一次对话。

就在不久前，我们去上海找朋友玩。她坐在工作室里跟我说，每个人都可以跑步的，只要制订了合理的跑步计划，一定可以慢慢成为跑者。随后开始在纸上给我列表格，每周跑四次，每次跑多少，一共跑几周，短短几分钟，她就帮我做好了接下来八周的计划。拿着那几张纸，看着她激动地讲述，我整个人都不安起来，仿佛不按照这个计划来做，就是错失了一件大事。结果回到北京之后我仍然没有跑，直到今天，看到书中写村上春树的创作方式，我才想起出去跑一跑，怎么想都有点羞愧。

余光瞟到他一直跟在我斜后方，不快不慢地跟着。其实按照他本身的跑步速度，早就超过我跑出去了，可是他怕我放弃，更怕我在这次跑步中又哮喘起来，于是就这么跟着，观察着我的步频，偶尔走到我身边提醒我，慢一点，再放慢一点。

心率达到 178 的时候，我不得不停了下来。我感觉心脏跳动的声音极大，身体成了一个容器，咚咚的声音从头颅到脚底，反复回传。我大口喘气，恨不得每一口都把肺填满再呼出来，可从他的视角来看，我只是急促地在呼和吸，每一下都完成得半半拉拉的，根本没有将氧气的利用达到最大化。我有些生气，生自己的气，无法控制身体的感受很糟糕。他也感觉到我的情绪有些不对，于是提议我们接下来慢慢走，走完这一圈再回家。

之后我们就进入了散步的状态。起初我还是喘得厉害，但随便聊起了什么之后，注意力就挪开了，整个人也松弛了下来。当我不再关注自己呼吸的时候，却是我控制呼吸最好的时候。或许和人生的很多时刻一样，幸福的秘诀就是不去做太多干预吧。

至于跑步时该有的节奏，那肯定不是一天就能掌握的事情，我又何必急于一时呢。算啦，保持人生的节奏，还是先去吃饭吧。

一次夜晚骑行

槐花好像开了。

我喜欢在四五月的傍晚出门骑车。骑到一些路段,能闻到槐花的香气,我立刻放松下来。

这个味道总让我想起还在上大学的时候,每年天气一暖和我就去操场上跑步。操场东侧种着几棵槐树,一到这个季节就会开花,离近了就能闻见一股浓郁的槐花香。这股香气能陪着我跑完大半圈,等味道差不多散去了,我就又快跑到那几棵槐树前了,每一圈都是这样。所以那段时间也是我少有的喜欢跑步的时期。

可能是普鲁斯特效应的缘故,如今再闻到那股槐花的香气,我仍然会觉得自己只是个 20 出头的女孩,没有步入婚姻,也没有存在于一段长期的亲密关系当中,恍惚中我会从身体中抽离出来,回到 20 出头的年纪。

那个时期的我还从没被人好好爱过,所以格外渴望被爱。那个在跑步的我,每一圈下来心里都会默念的鼓励词不是"加油,你可以",而是"不坚持下来,不会有人爱你"。如今我所拥有的,都是那个时候的我所极度渴望的。当气味把我带回那个时刻,我会觉得很奇特,如同照镜子,而镜子里的我是多年前的我,我试图张口,不知道如何与她对话,她却会回馈给我特殊的能量。

那天我骑到了一段高架路的下面。迎面的风里掺杂着一些槐花的香气,不浓,但足够让我又想起那个时候的自己。

耳机里放到一首很喜欢的歌,我跟着轻轻哼起来,更用力地往前蹬,并在脑子里规划一些无关紧要的事。比如要不要奖励自己去吃一顿部队锅火锅,或者要去哪里玩之类的。起初只是一些琐碎的计划,只与我一人有关的计划,随后脑子里开始出现一些不具象的思考,打乱了时间的顺序,我跳跃着想起13岁时喜欢却没得到的一件衣服,和19岁时没敢发出的一条信息。

我甚至开始有强烈心动的感受,不归属于任何人的心动,仿佛是对整个世界的。看向周遭的一草一木都觉得心动,胸腔里有一股汹涌的情感无处安放。此刻我没有猫狗,没有家庭,没有负担,只是一个正在骑车的人。

直到一处红灯,我停了下来。迎面的风逐渐静止,那首歌也结束了,一切又回到了现实。

当我意识到,刚才仿佛进入了平行宇宙的某个通道,成为几分钟久违的自己时,我激动得几乎要哭了出来。

　　在那几分钟里,我偶然地成为了一个彻头彻尾自由的人,脱离于任何关系之外。是诗意的。

— END —

你和你们的房间

本来在我的设想中,这本书是没有后记的。但写到这个时候,我突然觉得应该抽离出来再给它收个尾,陪大家一起走出这个房间。

我筹备这本书的时候,还是夏天。

当时我们刚好拥有了一辆摩托车,小小的,速度开到70迈以上就会拼命抖动,抖得我俩浑身发麻。我们总是在晚上骑着它出去兜风,骑不快,也骑不远,就围着家附近兜圈儿。通常都是他在前面骑车,而我坐在后座上,轻轻抱着他,然后戴着头盔发呆。耳边的风声太大,我的大脑进入了一种很奇妙的状态。它变成了一个剧场,有点像《狗镇》那部电影里的样子,仿佛有人在地上用粉笔画线,画出了一个个房间,而后有些记忆片段就零零碎碎地出现了,一起站在大门入口,等着我把它们逐一放置进对的房间。

夏天过完之后,我的备忘录里变得满满当当。几乎所有的碎片灵感都来自那个摩托车后座,我甚至分不清这是风声的礼物,还是来自平行世界的奖励。总之,它们就这样出现了。

真正动笔的时候已经是秋天了。从客厅窗户照进来的阳光,都和夏天时的质感很不一样了。写不出来的时候,我就在房间里打转,和小猫玩,和小狗玩,或者和他聊天。很多次卡住,都是因为我在困惑,我困惑于脑子里的这个透明房子究竟是属于谁的。只是我们的吗?似乎也不是。

它同样可能是你和你们的房间。

当相爱的人住进一个房间

作者_胡辛束

产品经理_殷梦奇　　装帧设计_张一一　　产品总监_应凡
技术编辑_顾逸飞　　责任印制_杨景依　　出品人_贺彦军

营销团队_闫冠宇　刘子祎　阮班欢

果麦
www.guomai.cn

以 微 小 的 力 量 推 动 文 明

图书在版编目（CIP）数据

当相爱的人住进一个房间 / 胡辛束著. -- 西安：太白文艺出版社, 2024.5（2024.7重印）
ISBN 978-7-5513-2609-4

Ⅰ.①当… Ⅱ.①胡… Ⅲ.①散文集-中国-当代 Ⅳ.①I267

中国国家版本馆CIP数据核字（2024）第088131号

当相爱的人住进一个房间
DANG XIANGAI DE REN ZHUJIN YIGE FANGJIAN

著　　者	胡辛束
责任编辑	强紫芳　李　洋
装帧设计	张一一
出版发行	太白文艺出版社
经　　销	新华书店
印　　刷	北京世纪恒宇印刷有限公司
开　　本	787mm×1092mm　1/32
字　　数	132千字
印　　张	7.5
版　　次	2024年5月第1版
印　　次	2024年7月第3次印刷
印　　数	45,001-50,000
书　　号	ISBN 978-7-5513-2609-4
定　　价	49.80元

版权所有　翻印必究
如有印装质量问题，可寄出版社印制部调换
联系电话：029-81206800
出版社地址：西安市曲江新区登高路1388号（邮编：710061）
营销中心电话：029-87277748　029-87217872